おとなに
なりたくない
わたし
夜野せせり
絵＝友風子
ポプラ社

おとなになりたくないわたし

夜野せせり 作
友風子 絵

もくじ

1 あこがれの女の子 5
2 ハルばあちゃんの庭 15
3 思いがけない出会い 28
4 すみれとひまわり 39
5 ひみつのガーデニング部 52
6 はじめての植えつけ 62
7 水しぶきとパッション 74
8 うっとうしい体 90
9 スイミングをやめた理由 103
10 ひまりの気持ち 117
11 梅雨《つゆ》入りと、迷《まよ》う心 126

12 魔《ま》法《ほう》をかけて 135
13 きっとだれも気にしてない 147
14 おとなの体なんていらない 160
15 今日と同じ明日がくるとはかぎらない 172
16 伝《つた》わるように、言葉をつくす 180
17 球《きゅう》技《ぎ》大会と大事件《だいじけん》 192
18 怒《おこ》ればいいと思うよ 204
19 全部、消えてなくなる 217
20 プールの約束《やくそく》 230
21 もっともっと、自由になる 247
あとがき 254

きら、きら、きら。

水しぶきに光が反射《はんしゃ》して、星みたいにきらめいている。
水面から顔をあげると同時に、ぱっと口を開《ひら》く。
胸《むね》いっぱいに空気が入ってくる。
つんと鼻を突《つ》く、塩素《えんそ》のにおい。
大きく腕《うで》をまわして、水をかく。
右足が水をける。左足が、水をける。
どこまでも、泳いでいく。
魚のように。

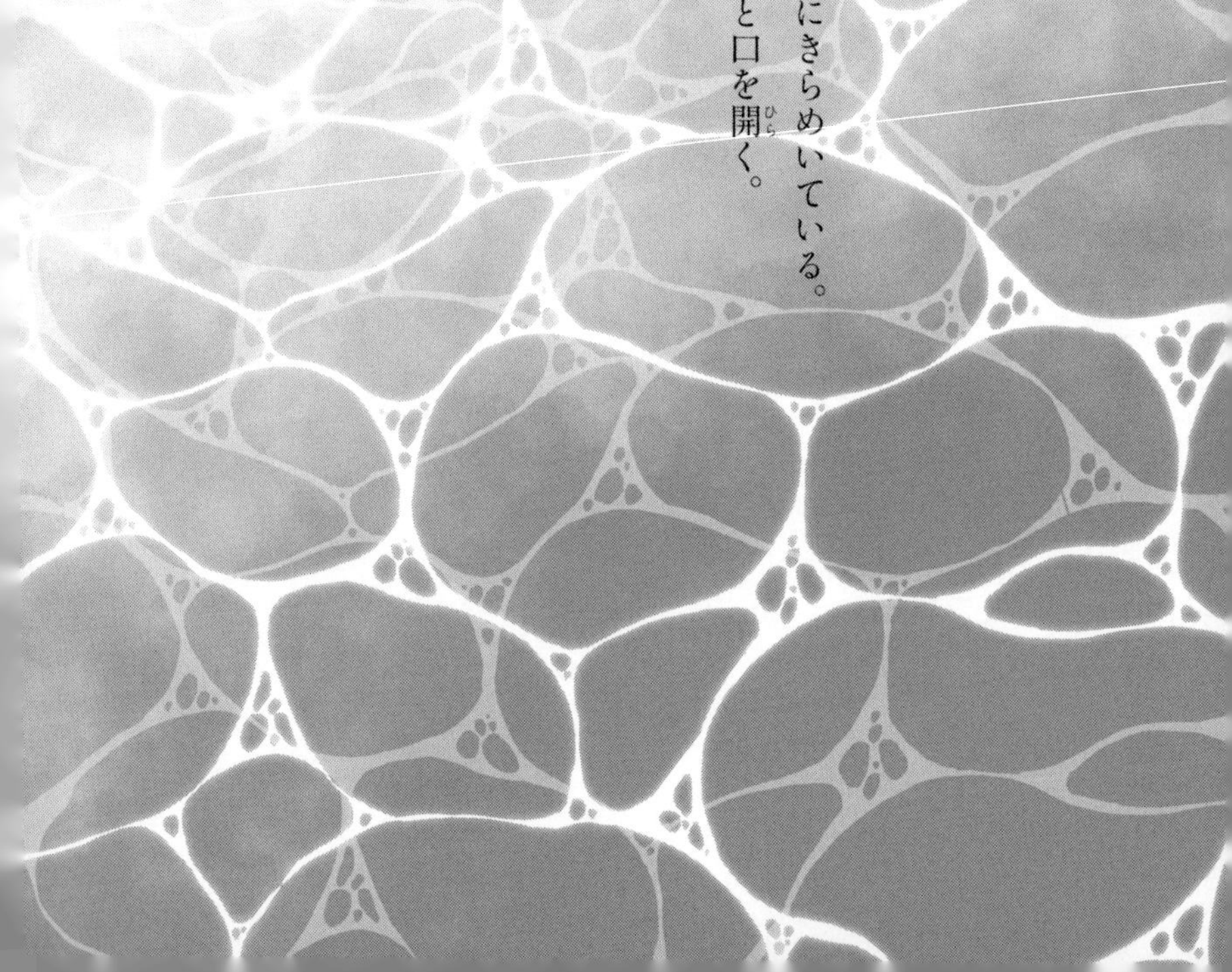

1 あこがれの女の子

丸えりのブラウスのボタンをとめる。紺色《こんいろ》のジャンパースカートを着て、ファスナーをあげる。

鏡《かがみ》の前で、細いえんじ色のリボンを、蝶結《ちょうむす》びにした。

うちの中学の制服《せいふく》で、いちばんいやなのが、このリボン。

だって、不器用《ぶきよう》なわたしが結《むす》ぶと、どうしても曲がっちゃうんだもん。

入学して一か月たったのに、まだうまくならない。

何度もほどいて、結《むす》んで、納得《なっとく》できなくて、またほどいて。

「すみれー。いつまでやってんのー？　遅刻《ちこく》するよー」

ママにいわれて、「わかってるよ！」といい返す。

「そんなのテキトーでいいでしょ？　だれも、人のリボンなんて気にしないよ」

ママがためいきをついた。

人のリボンなんてだれも気にしない？　そんなわけない。

みんな、いちいち見てるんだよ。

前髪《まえがみ》がはねてないか。ブラウスにしわがよっていないか。スカート丈《たけ》が長すぎないか、短すぎないか。校則違反《こうそくいはん》チェックする先生より、よっぽどじっくり見てる。

——体のことも。

「じゃあママいってくるから、戸じまりよろしくね」

ママは軽くわたしに手をふると、あわただしくでていった。

細身のパンツスーツに身をつつみ、お化粧《けしょう》もばっちりきめて。

ママは小柄《こがら》で華奢《きゃしゃ》。腕《うで》も足も細い。

もうとっくに出勤《しゅっきん》したパパは、すらっと背《せ》が高い。

わたし、だれに似《に》たんだろう。

背《せ》は低《ひく》いのに、ママよりふっくらしてる。足も太いし、おしりもまるいから、ママが着てたみたいなパンツスーツなんて、こわくて着られない。体のラインをばっちり拾いそうだもん。

それに、胸《むね》も。

りんごみたいなまるいふくらみが、ふたつ。

こんなもの、いらないのに。

五年生ぐらいから、ふくらみはじめた。

知らないうちに、わたしの体の中に風船がしこまれてて、だれかがふーっと空気を入れつづけたみたいに。だれもそんなこと、たのんでなんかいないのに。

気持ち悪い。

自分が、自分じゃないみたい。


外にでると、日差《ひざ》しが強くて、まだ五月下旬《げじゅん》なのにまるで夏みたいだ。

今からこの調子だと、本物の「夏」は、いったいどれぐらい暑くなるんだろう。

歩いていると、ふいに、鼻の奥《おく》に、つんと刺激的《しげきてき》なにおいがよみがえった。

プールのにおい、だ。

ゆうべ、泳ぐ夢《ゆめ》をみた。息つぎのときに青空が見えて、きらきらと光がはねていたから、夢《ゆめ》でわたしが泳いでいたのは、きっとどこかの屋外プールだ。

昨日《きのう》、先生が、来週からいよいよプールの授業《じゅぎょう》がはじまるといっていた。だから、そんな夢《ゆめ》をみたんだと思う。

はあ、と、大きなため息がこぼれでた。

泳ぐのはきらいじゃない。でも、水着になるのがイヤ。

だからわたしは、六年生になってすぐ、スイミングスクールをやめた。

中学校の体育の授業《じゅぎょう》は男女別《べつ》だから、前みたいに、胸《むね》やおしりについて男子にこそこそいわれることはないと思うけど……。でも、女子にだって、いろいろかげでうわさする人はいる。

みんな、人のことをいちいち見てるから。

制服《せいふく》の着こなし。髪形《かみがた》。持ち物。顔立ち、そして、体のことも。

歩道を歩いていた制服《せいふく》の群《む》れが、校門をくぐり、校舎《こうしゃ》にすいよせられていく。

「おはよう、すみれ」

くつ箱でくつをはきかえていると、声をかけられた。

同じクラスの沢口真奈《さわぐちまな》だ。わたしと同じ、北《きた》小出身。

「おはよ」

わたしと真奈《まな》は、ふたりともおとなしくて、地味な雰囲気《ふんいき》。

いくつかある教室内のなかよしグループにはいつのまにか序列《じょれつ》ができていて、わたしたちは、いちばん目立たない、かげのうすいポジションにいる。

クラスの話し合いのときに意見をいったりもしないし、はなやかで目立つタイプの子に強くいわれても、あんまりいい返したりもしない。

そもそも、目立ちたくもないし、表にたってなにかをしたくないから、それでいいけど。

「英語《えいご》の宿題やってきた？」

「いちおうやってきたけど、ぜんぜんわかんなかった」

そんな会話をしながら、ろう下を歩いていると。

すうっと、すずやかな風がふいた。……気がした。

わたしの真横を、あの子がおいこしていったんだ。

思わず、目でおいかける。

西原《にしはら》ひまりさん。

すらりと背《せ》が高くて、足も腰《こし》も細くて、剣道《けんどう》の選手《せんしゅ》みたいに、ぴんと背《せ》すじがのびている。

目はすっと切れ長で、鼻すじも通っていて。クールな顔立ちに、凛《りん》としたショートカットがよく似合《にあ》う。

クラスでいちばん目立つグループにいるけど、ほかの子みたいに黄色い声をあげてさわいだり、むやみにはしゃいだりしない。でも、はきはきと、自分の意見ははっきりいう人。

入学式の日。同じ教室に彼女《かのじょ》の姿《すがた》をみつけたとき、一瞬《いっしゅん》で目をうばわれた。

かっこいいって思った。

その瞬間《しゅんかん》、わかったんだ。

わたし、西原《にしはら》さんみたいになりたかったんだ、って。

「どうしたの？　すみれ。早くいこうよ」

真奈《まな》にそでをひかれて、われに返る。

「う、うん」

ふたりで、教室に向かう。

わたしたちをおいこした西原《にしはら》さんの背中《せなか》は、もう、遠く小さくなっていた。


一時間目は、数学。

でも、なかなか先生がこなくて。どうしたんだろうって思っていたら、新任《しんにん》の小田《おだ》先生がかわりにやってきた。

「野村《のむら》先生は急用ができて、自習になりました」

とたんに、わあっと教室がわきたった。

「しずかに！　今から課題《かだい》プリントをくばります」

さっそく、プリントがくばられる。

一瞬静《いっしゅんしず》かになったけど、すぐに、あちこちで、こそこそとおしゃべりの声がきこえはじめた。

そして、その声はだんだん大きくなっていく。

もちろん、まじめにといているいる人もいるけど……。

うちの中学には、おもに四つの小学校の出身者が通っている。小さな川がいくつか集まって、大きな川になるみたいな感じ。

わたしが通っていた北小《きたしょう》も、よくいえば元気、悪くいえば騒々《そうぞう》しい雰囲気《ふんいき》だったけど、中学校はそれ以上《いじょう》。みんな、パワーアップしちゃった。

いちばん後ろの席《せき》の、安達《あだち》くんと森《もり》くんがツートップ。今も、大きな声でさわいでいる。

「しずかに！　課題《かだい》に集中してください！」

小田《おだ》先生が注意するけど、静《しず》かになるのは一瞬《いっしゅん》だけ。すぐに元通り。

小田《おだ》先生、かわいそう。若《わか》い先生だから、ナメられてるんだ。

わたしは安達《あだち》くんたちに直接《ちょくせつ》なにかされたり、いわれたりしたわけじゃないけど、なんとなく苦手だ。

苦手っていうか、ちょっとこわい。

「小田《おだ》先生、カレシいるのー？」

「今、自習《じしゅう》中です。関係《かんけい》ない話はしないで」

「否定《ひてい》しないってことは、いるんだー」

プリントに集中しようとしたけど、先生にからむ安達《あだち》くんたちの声で、じゃまされてしまう。

「安達《あだち》、森《もり》」

すずやかな声がひびいた。

西原《にしはら》さんだ。

西原《にしはら》さんの席《せき》は、安達《あだち》くんたちの、ひとつ前の位置《いち》。

「うるさい。だまって」

西原《にしはら》さんはぴしゃりといいきった。

「なんだよ西原《にしはら》、マジメか」

安達《あだち》くんがちゃかす。

「マジメだよ。悪い？」

西原《にしはら》さんはにこりともしない。

「あと、先生にへんな質問《しつもん》するのもやめて。不快《ふかい》だから」

さらにたたみかける。

「うーわ。西原《にしはら》、こえー」

安達《あだち》くんと森《もり》くんは、小声でひそひそいいあっている。

でも、西原《にしはら》さんがあまりにも堂々《どうどう》としているし、西原《にしはら》さんのグループの女子たちも安達《あだち》くんたちににらみをきかせたから、ふたりともだまってしまった。

やっぱり西原《にしはら》さん、すごい。わたしはひとり、どきどきしていた。

あんなにはっきり、注意できるなんて。それに、「不快《ふかい》だから」って……。

わたしも思ってた。先生がからかわれたとき、自分がいわれたみたいに、いやだった。

でもわたしには、ぜったいにいえない。いい返されて、やりこめられるのが、こわいから。

きっと、あの子たちは、わたしが一番きずつくような言葉を、ピンポイントで投げつけてくる。

わたしは弱虫だから、きっと泣《な》いてしまう。逃《に》げてしまう。前も、そういうことがあった。

それにくらべて西原《にしはら》さんは、見た目だけじゃなくって、中身もかっこいい。

でもね。わたしが西原《にしはら》さんに一方的《いっぽうてき》にあこがれていることは、だれにもつげていない。

きらきらした場所にいる西原《にしはら》さんとわたしでは、クラスでのポジションがちがう。

同じ教室ですごしてはいても、きっとなかよくなることはない。

そう、思っていた。

2 ハルばあちゃんの庭

放課後《ほうかご》になった。

わたしは部活をしていない。

四月、真奈《まな》とふたりで、ひととおりの部活を見学にいったけど、どこもぴんとこなかった。

というわけで、わたしは帰宅部《きたくぶ》。ちなみに真奈《まな》は卓球部《たっきゅうぶ》に入った。

吹奏楽部《すいそうがくぶ》のロングトーンの音や、運動部のかけ声がひびく中、学校の敷地《しきち》をでる。

暑い。もう明日から夏服でいいんじゃないかな？

大通りにでる。歩行者信号《しんごう》のボタンをおす。

横断歩道《おうだんほどう》をわたると、わたしは、自分のマンションのある方向とは逆《ぎゃく》方向に歩きはじめた。

住宅街《じゅうたくがい》の中を進む。このあたりは東《ひがし》小の校区で、道もこみいっていて、年季《ねんき》の入った家が多い。

茶色いトレリス風のフェンスの奥《おく》に、白いハナミズキの花がゆれている。

わたしは足を止めた。門扉《もんぴ》をあけて、中に入る。

わさわさと草木がおいしげる庭のすみっこに、ハルばあちゃん発見。

大きなつば広の麦わら帽子《ぼうし》をかぶってしゃがんでいる。

「ただいま、ハルばあちゃん」

声をかけると、ハルばあちゃんは「よっこいせ」と立ち上がった。

「おかえり、すみれ」

土でよごれた軍手《ぐんて》のまま、腰《こし》をとんとんとたたいている。

グレイヘアのショートカットに、化粧《けしょう》っけのない肌《はだ》。

小柄《こがら》で、わたしと同じぐらいの背丈《せたけ》。ママより少しだけぽっちゃりしてる。わたし、ハルばあちゃんに似《に》たのかも。

顔立ちも、目がつぶらで、眉《まゆ》がちょっとだけさがってるところが、わたしと似《に》てる気がする。

「ばあちゃん、よごれるよ」

「よごれてもいいよ。あとで着かえるから」

「また、草むしり？」

「いや、苗《なえ》を植えてた」

ハルばあちゃんは笑《わら》う。

「これ以上《いじょう》、まだふやすの？」

あきれてしまった。

「春の一年草がそろそろ終わりそうだから、夏の花に植えかえてるんだよ」

「ふうん」

一年草ってなんだろう？　よくわかんない。

庭には、ハナミズキやカエデの、背《せ》が高い木のほかに、あじさいやばらも植わっている。とくにばらは、今、花ざかり。

ハルばあちゃんが好《す》きなのは、野ばらみたいな素朴《そぼく》な感じのツルばら。みずみずしい緑色の葉がまぶしいカエデの木にそうようにツルをのばし、白い小花をびっしりと咲《さ》かせている。

手作りの、石積《いしづ》みの花壇《かだん》には、たくさんの草花やハーブがゆれていて、まるで野原みたい。

それに加《くわ》えて、鉢植《はちう》えもたくさんあるし、野菜《やさい》のプランターまである。

「すみれも帰ってきたことだし、ちょっと休憩《きゅうけい》しようかな」

ハルばあちゃんは笑《わら》って、わたしといっしょに家の中にもどった。

ハルばあちゃん。本名、石坂晴恵《いしざかはるえ》。

わたしの祖母《そぼ》……ではない。母方の祖母《そぼ》の、「妹」。

わたしからみて、なんていうんだろう？　大叔母《おおおば》さん？　よくわかんないけど、わたしは昔から「ハルばあちゃん」って呼《よ》んでる。

家の中は風が通っていてすずしい。

かなり古い家で、床板《ゆかいた》はみしっと鳴るし、柱もきずだらけだし、家具も、なん十年つかってるの？　ってぐらい古くさいけど、ふしぎとおちつく。

テレビとちっちゃいローテーブルのある六畳《ろくじょう》の和室で、冷《つめ》たい麦茶を飲んだ。

ハルばあちゃんも、ごくごくとのどを鳴らして一気飲み。

「ああ、生き返るぅ」

「ちゃんと水分とらなきゃ、熱中症《ねっちゅうしょう》になるよ？」

「ハイハイ。すみれはしっかり者だね」

「常識《じょうしき》だよ」

学校でも家でもさんざんいわれてるし。

ハルばあちゃんはひとり暮《ぐ》らしで、だれかにうるさくいわれることなんてないだろうから、わたしがいってあげないと。

この家は、ママの実家だ。

ママのお母さん――わたしのおばあちゃん、は、もう亡《な》くなった。おじいちゃんも亡《な》くなっている。妹のハルばあちゃんはずっと独身《どくしん》で、県外でくらしていたけど、定年退職《たいしょく》になったタイミングで、住む人がだれもいなくなったこの家にもどってきた。

今は、午前中だけ近所のスーパーでパートをして、午後は好《す》きなガーデニングをしている。

両親とも仕事でいないから、わたしは放課後《ほうかご》、よくハルばあちゃんの家ですごしている。

「六十年以上《いじょう》生きてきて、今がいちばん楽しいよ」

「いいなあ、うらやましい」

「腰《こし》さえ痛《いた》くなきゃねえ。足も背中《せなか》も痛《いた》いし、血圧《けつあつ》も高いし」

ハルばあちゃんはためいきまじりで、ぐちぐちとぼやきはじめた。

まーた、はじまった。ほうっておくと、「すみれはいいねえ、若《わか》くて」って続《つづ》くから、早めに話を変《か》えないと。

「そうそう、ママから伝言《でんごん》。いちご、おいしかったよ。ありがとう、って」

わたしがいうと、ハルばあちゃんは、

「いつの話だよ。いちごあげたの、だいぶ前だった気がするけど?」

と苦笑《くしょう》した。

ハルばあちゃんがプランターで育てたいちご。春先に実がついて（今年はあったかいから早かったんだって）、どんどん赤く熟《じゅく》していって。わたしもその様子を、わくわくしながら見ていた。

プランターだから、たくさんは収穫《しゅうかく》できない。それでもハルばあちゃんは、「おみやげ。みんなで食べな」って、おすそわけしてくれたんだ。

中学校に入学する直前だった。ほんと、だいぶ前だね。

「こないだ、ミニトマトとナスを植えつけたんだ。オクラも、キュウリもね。全部、夏になったら収穫《しゅうかく》できるよ」

「ふうん」

「ハーブもすくすく育ってるよ。大葉とか、バジルとか。こぼれ種《だね》から勝手に生《は》えてさ。ミントは庭植えすると広がりすぎて手に負えなくなるから、プランターに植えてる。やつらは生命力が強すぎて」

ハルばあちゃんのおしゃべりは止まらない。

わたしはガーデニングにも野菜《やさい》づくりにもあんまり興味《きょうみ》ないから、適当《てきとう》にあいづちを打ってるだけ。

でも、ミントのことを「やつら」よばわりしたのはちょっとおもしろくて、笑《わら》ってしまった。

「すみれも手伝《てつだ》ってくれるとうれしいんだけどな〜」

麦茶のグラスをかたむけながら、ちらっとわたしを見やる、ハルばあちゃん。

「やだよ。暑いし、手がよごれるし」

「そっけないなあ」

ばあちゃんは不満《ふまん》げだ。でも、それ以上《いじょう》すすめることはせず、

「ちょっと腰《こし》に乗ってくれない？」

と、たたみの上にうつぶせにねそべった。

「はいはい」

わたしはばあちゃんの腰《こし》のあたりにまたがって体重をかけた。

ときどき、乗ってってたのまれるんだけど、腰《こし》が痛《いた》いのにこんなふうに上に乗られて、さらに痛《いた》くならないのかふしぎになってしまう。

でも、ハルばあちゃんは、

「うー、すみれの体重だと軽すぎるなあ」

なんていう。

「そう？」

「軽い」っていわれたら、悪い気はしない。クラスの中では重いほうだと思うんだけどな。

真奈《まな》もほっそりしてるし。ほかの女子たちだって、みんなスタイルよく見える。

わたしみたいに、まるっこくてぼってりしてないし、胸《むね》だってそんなに……。

「どうした？　ためいきついて」

「えっ？　ためいきなんてついてた？　わたし」

「ついてたよ」

そうなんだ。完全《かんぜん》に無意識《むいしき》だった。

わたしは両手で、ばあちゃんの背中《せなか》や腰《こし》のあたりを、ぎゅっぎゅっとおした。

ハルばあちゃんの腰《こし》は、そんなに細くない。わたしより細い気はするけど、わかんない。同じぐらいかなあ？

背中《せなか》をマッサージしながら、わたしは、西原《にしはら》さんのことを思い出していた。

もしも、ひとつだけ願《ねが》いがかなうとしたら、西原《にしはら》さんみたいな見た目になりたい。

がんばって牛乳《ぎゅうにゅう》を飲んでも、わたしの背《せ》はのびない。かわりに大きくなるのは胸《むね》とおしりだけ。

あーあ。世の中って理不尽《りふじん》だ。不公平《ふこうへい》だ。

日が暮《く》れはじめるころ、わたしはハルばあちゃんの家をでた。

たまに、そのまま夕ごはんをごちそうになることもあるけど、たいていは、ハルばあちゃんがごはんの支度《したく》をはじめるタイミングで家に帰る。

明るいオレンジ色の光に包《つつ》まれた住宅街《じゅうたくがい》を、歩く。右手にはスクールバッグ、左手にはハーブのブーケ。おみやげにもらったんだ。

バジルと、生命力の強すぎるミントと、ラベンダー。

わさわさにしげりすぎてるからって、適当《てきとう》につんで、花束《はなたば》みたいにしばって、わたしてくれた。

料理《りょうり》につかえて便利《べんり》だよってハルばあちゃんはいってたけど、パパもママも、ハーブなんてつかいこなせそうにないんだけど。

部活帰りの、ジャージ姿《すがた》の中学生たちとすれちがう。制服《せいふく》で、片手《かたて》に草の束《たば》をもった自分、はたから見ればかなりあやしいんじゃ。

うつむいて、息を止めるようにして、早足で歩く。

マンションのエントランスで、オートロックを解除《かいじょ》しようと、かぎをとりだす。……けど。

「あれ？　どこいったっけ」

スクバのポケットをさぐるけど、奥《おく》にもぐってしまったのか、なかなか見つからない。

もたもたしていると、

「なにしてんの」

背後《はいご》で、声がした。

ふり返ると、山崎秋斗《やまざきあきと》くんがいる。同じクラスで、ここの住人。

「えっと……」

まごついていると、秋斗《あきと》くんは、自分のポケットからさっとかぎをとりだして、オートロックを解除《かいじょ》した。

「ありがと」

小さくつぶやいて、秋斗《あきと》くんといっしょに自動ドアの向こうへ。

「別《べつ》に」

秋斗《あきと》くんは、ぼそっとつぶやいた。

エレベーターに乗って、わたしは四階、秋斗《あきと》くんは五階のボタンをおす。

小さい鉄の箱がうごきだす。秋斗《あきと》くんはだまっているし、なんとなく気まずい。

中学に上がる少し前ぐらいかな。秋斗《あきと》くんは妙《みょう》にぎこちなくなった。

昔は仲《なか》がよくて、いっしょにスイミングスクールに通っていたのに。

背《せ》はずいぶんのびたけど、すらっとしていて、わたしより細い。短い髪《かみ》はぬれていて、ほのかに塩素《えんそ》のにおいがする。

わたしはスイミングスクールをやめて、授業《じゅぎょう》以外《いがい》では泳がなくなった。秋斗《あきと》くんも小学校卒《そつ》業《ぎょう》と同時にやめたけど、かわりに水泳部に入った。

いっそ、わたしも……、男の子だったらよかったのにな。

四階について、エレベーターが止まった。

扉《とびら》があいて、先に降《お》りると、

「あのさ」

秋斗《あきと》くんの声がした。

「なに……？」

ふり返って、向きあう。

「すみれは、もう」

秋斗《あきと》くんはいいよどむ。続《つづ》きの言葉をまっていると、エレベーターの扉《とびら》が閉《し》まった。

「もう……、なに？」

わたしはしばらく、その場にたたずんでいた。手もとのブーケから、ふわっと、歯みがき粉《こ》みたいな香《かお》りがたちのぼる。

ミントだ。わたしは小さく息をつくと、歩き始めた。

3 思いがけない出会い

水泳の授業《じゅぎょう》がはじまった。

中学校では、体育の授業《じゅぎょう》は男女別《べつ》。当然《とうぜん》、水泳も。

男子がいないから、その点はよかった。

それでも水泳の授業《じゅぎょう》はなんとなくゆううつ。

学校のプールは屋外だから、雨が降《ふ》れば中止になる。いっそてるてるぼうずをさかさにしてつるそうかと思ってたけど、やめた。

どうせ今日は見学だもん。

おなかの下あたりが重くて、だるい。でも、痛《いた》みはあんまりない。

ママは毎月の生理がつらくて、痛《いた》み止めが手放せないんだって。すみれはだいじょうぶ？　ってきかれるけど、適当《てきとう》にごまかしてる。

ママと、そんな話、したくないんだよね。

友だちとも、したくない。ママみたいにつらい子がいたら、力になりたいとは思うけど……。

わたしが話したがらないみたいに、真奈《まな》も、ほかの子も、ぜんぜんそんな話はふってこない。

みんなさけてる。

五時間目のプールには、ぎらぎらに太陽がてりつけている。

梅雨入《つゆい》りもまだなのに、もう真夏みたい。

わたしのほかにも、見学の子は何人かいて。プールサイドの、かげになっているところに座《すわ》って、みんなが水しぶきをあげているのを、ただただ見守っていた。

暑い。なんで教室で自習とかじゃだめなんだろ？

見学するぐらいだから、わたしもみんなも、体調悪いのに。いちおう、水筒《すいとう》はもってきてもいいことになってるけど、これじゃたおれちゃうよ。

それとも、「生理は病気じゃない」から、ここにいなきゃいけないのかな？

汗《あせ》をふきながら、バタ足の練習をしているみんなを、ぼんやりながめる。

みんな、紺色《こんいろ》のスクール水着の上から、日焼《ひや》け防止《ぼうし》のラッシュガードをはおっている。

水着も、紺色《こんいろ》のものだったら、ワンピース型《がた》のだけじゃなくって、タンクトップとショートパンツに分かれたタイプのものも着ていいし、腰《こし》まわりにひらっとしたスカートがついていて、おしりがかくせるタイプの水着を着ている子もいる。

わたしが通っていたスイミングスクールでは、ちがった。スクール指定の専用《せんよう》水着を着なくちゃいけなくて。それが、レオタードみたいな、ワンピースタイプのものだったんだよね。

たしかに泳ぎやすかったけど、見た目が……。

ピッ、と、ホイッスルの音がひびいた。

みんなバタ足をやめて、先生に集められた。そのあと、いくつかの班《はん》にわかれて、それぞれ、八つあるレーンに並《なら》んだ。

そして、順番《じゅんばん》に泳ぎ始める。クロールだ。

どうやら、ひとりひとりの泳力を見ているみたい。

泳ぎ終わった人から、速くうまく泳げる子、そんなに速くないけどそこそこ泳げる子、あまり得意《とくい》じゃない子、みたいに、グループ分けされていく。

たしかに、どれだけ泳げるかは人それぞれだし、力にあった練習のしかたをしたほうがいいもんね。スクールでもそうだった。定期的《ていきてき》に進級テストがあって、合格《ごうかく》したらより泳力のある人向けのコースで練習できるようになった。

わたしも、進級めざしてがんばってたっけ。もう遠い昔のことみたい。

西原《にしはら》さんがスタート位置《いち》についた。ちょうどプールの真ん中のレーンあたり。

背《せ》が高いから、紺色《こんいろ》の水着の群《む》れの中でも、頭ひとつでていて、すぐに目にとまるんだ。

ホイッスルが鳴る。

西原《にしはら》さんが泳ぎ始める。

水をかく手が細くて、長くて、しなやかで。

足も長いし、すごく水泳に向いている体形《たいけい》だと思う。

息つぎのときにスピードが落ちるのがもったいない。大きく息をすいこもうとしすぎているのかな？　水面から顔をだすときに、ぱっと口を開く程度《ていど》でじゅうぶんなのに。

それでも、あっというまに、西原《にしはら》さんはレーンの向こう側《がわ》まで泳ぎきった。

ゴーグルをあげて、となりのレーンの友だちと楽しそうに笑《わら》っている。

まぶしいな。そう、思った。

五月の光をあびる、水しぶきみたいに。西原《にしはら》さんは、きらきらしてる……。

おなかの下のほうが、ずん、と重く痛《いた》んだ。


六時間目も終わり、放課後《ほうかご》になった。

下腹《したはら》の痛《いた》みは、エアコンのきいた教室にいたら、だいぶやわらいだ。っていうか、痛《いた》んだのはあのときだけだったみたい。なんだったんだろう。

プールサイドよりましだけど、外は蒸《む》し暑かった。学校の敷地《しきち》をでて、細い道をしばらく歩き、大通りにでる。歩行者信号《しんごう》のボタンをおそうとしたところで、

「あれ？」

横断《おうだん》歩道の向こう側《がわ》で、だれかがうずくまっている。まわりにはだれもいない。うちの学校の女子生徒《せいと》っぽいけど……。

具合でも悪いのかな。早くかけつけたいけど、信号《しんごう》が変《か》わらない。やっとのことで青になり、わたしは走って、向こう側《がわ》へわたった。

電柱にもたれかかるようにして、うずくまっている背中《せなか》。うちの学校の制服《せいふく》。短い髪《かみ》。

「あの、だいじょうぶですか？」

話しかけると、女子生徒《せいと》は座《すわ》りこんだままゆっくりと顔をあげ、ふり返った。

「あ」

どきっとした。西原《にしはら》さん、だ。

「西原《にしはら》さん、気分悪いの……？」

動悸《どうき》が止まらない。だって、西原《にしはら》さんの顔、紙みたいにまっ白で、血の気《け》がないんだもん。

息もあらくて、うまくしゃべれないのか、わたしの問いかけに、小さくうなずくので精《せい》いっぱ

い。どうしよう。もしかして熱中症《ねっちゅうしょう》とか？

わたしの水筒《すいとう》、まだ中身はのこってるけど、他人が口をつけたものはよくないよね？

「あっ」

近くに自販機《じはんき》がある。

「ちょっとまってて」

ダッシュで自販機《じはんき》にいって、お水を買うと、西原《にしはら》さんのもとへもどった。

「これ、飲んで」

西原《にしはら》さんのそばにしゃがんで、ペットボトルのふたをとって、手わたす。

「ありが、……と」

ゆっくりと、ひと口、ふた口、西原《にしはら》さんは水を飲んだ。

そして、大きく息をすって、吐《は》くと、ゆらゆらと立ちあがる。

「だいじょうぶ？」

「うん。ありがとう」

でも、まだ、顔色がよくない。

「西原《にしはら》さん、今から学校にもどる？　保健室《ほけんしつ》で、おうちの人を呼《よ》んでもらおうよ」

むかえにきてもらったほうがいいと思う。

でも、西原《にしはら》さんは首を横にふった。

「うち、今、両親とも仕事中だから。歩いて帰る」

「家、どこなの？」

「南小《みなみ》からちょっと歩いたとこ。ミヤタってスーパーの近く」

「えっ、ミヤタ？」

遠い。うちの中学の、校区ぎりぎりのとこだよ。っていうか南小《みなみ》からだってけっこうはなれてるし……。自転車通学じゃないのがふしぎなレベル。

「ありがとう、永野《ながの》さん。お水のお金、明日、ちゃんとわたすね」

「でも」

「ほんとにだいじょうぶだから」

西原《にしはら》さんはぎこちなくほほえんだ。無理《むり》やり口角をあげて笑顔《えがお》をつくってるって感じ。わたしに心配をかけたくなくて、平気なふりしてるんだ。

「じゃあね」

そうつげて歩きだした西原《にしはら》さんの足は、今にももつれそうで。

「あ、あのっ」

わたしは、思わずかけよった。

「うちのおばあちゃんちにきて。この近くだからっ」

気づいたら、そう口走っていた。

遠慮《えんりょ》している西原《にしはら》さんの荷物を、うばうようにしてわたしがもち、よろける彼女《かのじょ》をささえながら、ハルばあちゃんの家まで歩く。

同じクラスだけど、あんまり話したことはなくって。

わたしとはちがう、きらきらしたグループに所属《しょぞく》していて。

一方的《いっぽうてき》に、あこがれているだけの存在《そんざい》だった西原《にしはら》さん。

こんなふうに、ハルばあちゃんちにつれていくなんて、迷惑《めいわく》かもしれないけど。でも、西原《にしはら》さんをひとりで帰らせるわけにいかない。

「ここだよ」

トレリス風のフェンスからのぞく、ハナミズキの木。もう花は終わって、みずみずしい緑色の葉っぱがゆれている。

見上げて、西原《にしはら》さんは、

「きれい……」

と、つぶやいた。

「え？」

きき返すと、西原《にしはら》さんは、はっとしたようにわたしに視線《しせん》を合わせた。

「あの、ほんとにいいの？」

「うん。その、いやじゃなければ、しばらく休んでいって……」

ここまで無理《むり》やりつれてきたくせに、今さら「いやじゃなければ」なんていわれても困《こま》るよね。

わかっていても、わたしはそんな言い方をしてしまう。

ハルばあちゃんは、庭のすみっこにしゃがんで、草をむしっていた。

「ただいま」

「おかえり、すみれ。……あら」

ハルばあちゃんは目をまるくして、立ちあがった。

「お友だち？」

「えっと」

友だちかってきかれて、「うん」とこたえるのは、さすがにずうずうしすぎる。

「同じクラスの西原《にしはら》さん。気分が悪いみたいで」

たどたどしく、紹介《しょうかい》した。

「ほんとだ。顔色がよくないね。早く家の中に」

「うん」

玄関《げんかん》の引き戸をあけ、西原《にしはら》さんをつれて中に入る。古い家の空気は、どこかしっとり、ひんやりしている。いつもハルばあちゃんといっしょにおやつを食べている、テレビのあるたたみの部屋に通した。窓《まど》を閉《し》めてエアコンのスイッチを入れる。

「あ。これもまわそう」

ふるい羽根つきの扇風機《せんぷうき》のボタンをおした。「強」で。ごおーっと、羽根がありえない音をたてたから、あわてて「中」に切りかえる。

「ふう……」

やばい、今にもこわれそう。

西原《にしはら》さんは、ぼんやりと立っている。

「す、座《すわ》って。そのへんに。あっ、きつかったら横になって」

わたしってば、ぜんぜん気がきかなくて。最初《さいしょ》にいうべきだった！

「じゃ、じゃあ」

すとんと、西原《にしはら》さんはその場に腰《こし》をおろした。しんどそうに、柱に頭をもたせかけている。

「よ、横になって……？」

もう一度、いってみた。

西原《にしはら》さんは、小さくうなずいて、そろりと横たわる。遠慮《えんりょ》がちに、背中《せなか》をまるめて。

わたしは西原《にしはら》さんに風があたるように、扇風機《せんぷうき》の首をうごかした。

ごきっ、と、ありえない音がする。

「やばい、折《お》れる」

つぶやくと、西原《にしはら》さんの肩《かた》がちいさくふるえた。くすくす笑《わら》ってる。

かあっと、顔が熱《あつ》くなった。はずかしい気持ちと、西原《にしはら》さんが笑《わら》ってくれてうれしい気持ちが、半々《はんはん》ぐらいまじりあってぐるぐるまわる。

そのとき、そろりと、部屋の引き戸があいた。

4 すみれとひまわり

「冷《つめ》たいジュース、どうぞ。すっきりするよ」

ハルばあちゃんの手には、グラスののったおぼん。大きめのグラスには、たっぷりの氷と、赤《あか》紫《むらさき》色《いろ》の液体《えきたい》が入ってる。ころんと寝返《ねがえ》りをうった西原《にしはら》さんは、見るなり、目をまるくした。

「しそのジュースだよ」

こっそり、ささやく。

「しそ？　しそって、あの」

「そう。あっ、でも、薬味の大葉じゃなくって、梅干《うめぼ》しにつかう、赤しそ」

「梅干《うめぼ》し……」

ぴんときていないみたい。だよね、しそのジュースなんてめずらしいもん。

「あなた、アレルギーとかはない？」

「だいじょうぶです」

かぼそい声で、西原《にしはら》さんがこたえる。

「よかった。じゃ、飲んでみて。好《この》みの味じゃなかったら無理《むり》しなくていいからね」

そういうと、ハルばあちゃんは、グラスを西原《にしはら》さんにさしだした。

ゆっくり起きあがった西原《にしはら》さんは、両手でうけとって、おそるおそる、グラスに口をつける。

「……！」

さっきより、さらに、目がまんまるになった。

そして、ごくごくっとのどをならして、一気に飲みほしてしまった。

「おいしい……」

ハルばあちゃんの顔が、ぱあっとかがやいた。

「でしょ！　自信作《じしんさく》だからね！　これは去年のだけど」

「えっ。つくったんですか？」

「まあねー」

ハルばあちゃん、めちゃくちゃ得意《とくい》げだ。

「えっ、すごい。あたし、こんなおいしいもの、飲んだことないです」

「またまた～」

ハルばあちゃんってば、もう、にっこにこ。

でも、よかった。西原《にしはら》さんの顔色、だいぶよくなってる。

「あなた、おなかすいてるんじゃない？」

ふいに、ハルばあちゃんがきいた。

「まってハルばあちゃん、いくらなんでもそんな」

おなかがすきすぎて具合が悪くなった、なんてことは、西原《にしはら》さんにかぎって、ないよ。

でも。西原《にしはら》さんは、はずかしそうにうなずいた。

「やっぱり。まってて、あまいものもってくるから」

ハルばあちゃんは部屋をでていく。

西原《にしはら》さんは、きまり悪そうに肩《かた》をすくめた。

「ごめんね。じつは、今日の給食《きゅうしょく》、きらいなものばっかで。あんまり食べられなかったんだ……」

「そう、だったんだ」

「なのに、五時間目、プールだったじゃん？　もう、体力使いはたしちゃって。あげくのはてに、あんなとこでうごけなくなっちゃって。ほんと、あたし、なさけない」

西原《にしはら》さんは、ふかぶかとためいきをついた。

そして、武士《ぶし》みたいに、ぴしっと背《せ》すじをのばすと、

「ありがとう、永野《ながの》さん。助けてくれて」

わたしに頭をさげた。

「えっ。いいよそんな、わたしはべつに、なにも……」

みょうにおろおろしてしまう。

扇風機《せんぷうき》の羽根がぶーんとうなりながらまわる。西原《にしはら》さんの、さらさらの髪《かみ》がゆれる。

西原《にしはら》さんは、はきだし窓《まど》の外を、ぼんやりながめている。

グラスの氷が、からんと音をたてた。

沈黙《ちんもく》が続《つづ》く。せっかくなかよくなるチャンスなのに、こういうとき、わたしは、なにを話していいかわかんなくなる。

ふたたび引き戸があいて、ハルばあちゃんがもどってきた。

ローテーブルに、菓子盆《かしぼん》を置《お》く。中には、個包装《こほうそう》の焼《や》き菓子《がし》や、おせんべいがどっさり。

「いただきもののお菓子《かし》で悪いんだけど、食べて」

「ありがとうございます」

西原《にしはら》さんはきっちりおじぎをして、お菓子《かし》に手をのばした。ハルばあちゃんがグラスにおかわりのジュースをついだ。

お菓子《かし》を食べると、西原《にしはら》さんの顔色は、さらによくなった。

「ここのお庭、あじさい、たくさんあるね」

ふいに、西原《にしはら》さんがつぶやく。

「え？　あ。う、うん」

一瞬《いっしゅん》、自分が話しかけられてるってわかんなくて、しどろもどろになってしまった。

庭に視線《しせん》をとばす。

たしかに、この庭には、高い庭木のそばに植えてあるあじさいが何株《なんかぶ》かあるし、鉢植《はちう》えのものもたくさんある。

「好《す》きでねえ、あじさい。つい鉢植《はちう》えを買っちゃうし、さし木でもふやしちゃうし」

ハルばあちゃんは苦笑《くしょう》する。

「さしき？」

わたしが首をかしげると、

「植物の枝《えだ》を、水や土にさしておくと、根がでることがあるんだ。そうやってふやす方法《ほうほう》を、さし木っていうんだよ」

と、西原《にしはら》さんが早口で教えてくれた。

「へえ……。物知りですごいね」

素直《すなお》に感心すると、西原《にしはら》さんは顔を赤くした。

「べ、べつに」

「西原《にしはら》さんっていったよね。下の名前は？」

ハルばあちゃんがたずねる。

「ひまり、です」

「あらすてき。ひまわりからとったのかしら？」

「そうみたいです。あたし、夏生まれだから」

西原《にしはら》さんがこたえると、ハルばあちゃんは満足《まんぞく》げにうなずいて、となりにいたわたしの肩《かた》を、ぽんっとたたいた。

「この子も、春生まれだから『すみれ』。ふたり、いいコンビになりそうだね」

い、いいコンビって……！

西原《にしはら》さんは、背《せ》が高くて明るくて、前を向いている「ひまわり」のイメージにピッタリだけど、わたしは完全《かんぜん》に名前負けしてるのに。

「すみれ」なんてかわいい名前、もっと華奢《きゃしゃ》で色白でかれんな女の子にしか似合《にあ》わない。

そんなわたしの思いをよそに、ハルばあちゃんは、

「だいぶ元気になったみたいだから、庭にでてみる？」

と、西原《にしはら》さんに笑《わら》いかけた。

「はい！」

大きくてきりっとした返事。

ハルばあちゃんと西原《にしはら》さんが部屋をでていく。わたしもあわててついていった。


「あじさい、つぼみがぎっしり」

ハナミズキの木のそば、いちばん大きなあじさいに顔をよせて、西原《にしはら》さんがいう。見てみると、たしかに、つやつやした葉っぱの間に、たくさんの小さなつぼみがついている。

毎日のようにこの家にきているのに、わたしはぜんぜん気づかなかった。

「ばらもきれいだし……」

西原《にしはら》さんは目を細めた。ハナミズキとは反対側《がわ》、カエデの木のそばに植わった、ハルばあちゃんの大好《だいす》きな白いツルばら。

「あっちの大きな鉢《はち》、ひょっとしてミニトマト？」

今度はプランター野菜《やさい》コーナーに、西原《にしはら》さんはかけていく。

「うわあ、大きい！　あたしも前、小学校で育てたけど、こんなにりっぱにならなかったなあ」

「それはたぶん、鉢《はち》が小さかったからだよ」

ハルばあちゃんはにこにことくいげだ。

「なんで、ミニトマトとバジルをいっしょに育ててるんですか？」

「いい質問《しつもん》だねえ」

西原《にしはら》さんの目、きらきらしてる。

わたしはびっくりしていた。

今の西原《にしはら》さん、学校での、クールな西原《にしはら》さんと、ぜんぜんちがうから。まるで、好奇心《こうきしん》いっぱいの小さい子どもみたい。

「こっちは、なす？　これは、きゅうり」

「正解《せいかい》！　そうそう、ひまわりも春に、ポットに種《たね》をまいたんだ。だいぶ大きくなったから、こないだ、花壇《かだん》に植えつけたよ」

「ほんとだ。見たいなあ、花が咲《さ》いたとこ……」

「ひまりちゃん、いろいろゆっくり見てて。わたしはいったん、洗濯物《せんたくもの》をとりこんでくるよ」

ハルばあちゃんはそういって、家の中にもどった。

西原《にしはら》さんは、花壇《かだん》のはしっこにしゃがんで、ひまわりの苗《なえ》をじっと見つめている。

そのとなりに、わたしもそっとしゃがんだ。

「あの」

思い切って、話しかけてみる。

「西原《にしはら》さんって、すごく好《す》きなんだね。草花が……」

すると、西原《にしはら》さんは、首すじからほっぺたまでかーっと赤くなった。

「好《す》きっていうか」

西原《にしはら》さんは口ごもった。

「だって、今、すごく楽しそうだし。『さし木』のことも知ってたし」

「……………」

なんでだまってるの？　まさかわたし、いっちゃいけないこと、いっちゃった？

「あたしのキャラじゃないでしょ？　花が好《す》きとか」

やっと、西原《にしはら》さんは口を開いた。

「キャラっていうか……。ちょっと意外ではあったけど」

「意外、か。まあ、そうだよね。あたし、そもそもあんまり人にいってないし。自分の好《す》きなことか、やりたいこととか、そういうの」

西原《にしはら》さんは、ぼそぼそとつぶやく。

「どう、して？」

「めんどくさくて」

西原《にしはら》さんはためいきをついた。

「小学生のころから、お花係とか、栽培《さいばい》委員とか、そういうのがやりたかったんだけど、なんかいっつも、体育委員とか放送委員とか、目立つ役ばっかりやらされるんだよね。だったらもうそれでいっか、って」

わかる気がする。だって西原《にしはら》さん、実際《じっさい》に「目立つ」し。クラスのやんちゃな男子にもぴしっともものをいって、場をまとめることもできるし。

「服とかも、花柄《はながら》とか、ぜんっぜん似合《にあ》わないしさ。気づいたらスポーティなものばっかり着てる。ま、いいんだけどさ」

ふうっと、大きく息をつく。

「永野《ながの》さんはいいなあ。こんなにすてきな庭があって。うちにはせまいベランダがあるだけ。日当たりよすぎて鉢植《はちう》えも枯《か》れちゃうんだよね」

「ここはわたしのおばあちゃんちで、わたしの家じゃないんだ。学校から近いから、よくここによってるだけで」

しかも、ハルばあちゃんは、おばあちゃんじゃなくて、正確《せいかく》には「おばあちゃんの妹」。

「そうなんだ」

西原《にしはら》さんは、よっ、と立ちあがった。

「いろいろありがとうね。あたし、そろそろ帰る。すごく助かった」

「あ、あの」

わたしも立ちあがった。

よかったら、またここにこない？　って、いいたい。

だって、ここには西原《にしはら》さんの好《す》きな草花がいっぱいあるし。あじさいだって、もうすぐ咲《さ》くし。

さっきも、ひまわりが咲《さ》いたとこ、見たいっていってたし。

「えっと」

でも、言葉がつかえてでてこない。たったひとこと、「またきてよ」っていうだけなのに。

まごまごしているわたしを見て、西原《にしはら》さんは小さく首をかたむける。

「ひまりちゃん」

ハルばあちゃんがもどってきた。

「ありがとうございました。あたし、家に帰ります」

「そう？　もっといればいいのに」

「でも」

ざあっと、風がふいた。ハーブがゆれて、さわやかな香《かお》りが立ちのぼる。

「ひまりちゃん、部活は？」

ふいに、ハルばあちゃんがきいた。

「まだ、なにもやってません」

「塾《じゅく》とか、習いごととかでいそがしいの？」

「それもないです」

「じゃあ、放課後《ほうかご》は時間あるんだね」

にやりとほほえむ、ハルばあちゃん。いったいなに？

「ひまりちゃん。学校が終わったら、ここによって、すみれといっしょに、花と野菜《やさい》の世話を手《て》伝《つだ》ってくれない？」

「えっ」

「ガーデニングは楽しいんだけど、いかんせん腰《こし》が痛《いた》くて。草花が大好《だいす》きな子に手伝《てつだ》ってもらえたら、助かるんだけどな」

「い、いいんですか？」

「あなたさえよければ、ね」

西原《にしはら》さんは、少しうつむいて、瞳《ひとみ》をさまよわせていたけど。

「お手伝《てつだ》い、させてください！」

ぱっと顔をあげて、きっぱりと、いいきった！

そして、すぐにわたしに向き直った。

「永野《ながの》さん、いい？　あたしも、放課後《ほうかご》、ここにきても」

「う、うん」

もちろんオッケーにきまってる！

「じゃあ、さっそく明日、きてもいい？」

わたしは、うなずいた。西原《にしはら》さん、めっちゃ前のめりだ。

足もとがふわふわする。だって、あまりにも思いがけない展開《てんかい》で！

5 ひみつのガーデニング部

次の日の、朝。教室に入ると、西原《にしはら》さんはもうきていた。

ぴんとのびた背《せ》すじ、しわひとつない白いブラウスがりりしくて。目元もすずしくて、クールで。

きらきらした仲間《なかま》たちにかこまれて、光を放っている。

昨日《きのう》のことは夢《ゆめ》だったんじゃないかって思ってしまうよ。

教室の後ろにあるロッカーに、自分の荷物をしまいにいくとき、西原《にしはら》さんたちのグループとすれちがった。なんとなく、いつものくせで、ちぢこまってしまう。

「はよーっす」

教室に、男子の集団《しゅうだん》が入ってきた。

真ん中にいるのは秋斗《あきと》くん。毎朝、うちのマンションのエントランスで、何人かで待ちあわせて登校している。

彼《かれ》らに遭遇《そうぐう》した朝は、わたし、いつも軽く息をとめて早足でエントランスをぬけるんだ。

男子の集団《しゅうだん》って、……すごく苦手。笑《わら》い声がきこえると、自分の悪口をいわれてるんじゃないかって思ってしまう。わたしが笑《わら》われてるんじゃないか、って。

実際《じっさい》、昔、そういうことがあったし。

秋斗《あきと》くんは、たぶん、悪口なんていわないと思うけど。いわないって、信《しん》じてるけど。

みょうに空気がうすくなった気がして、わたしは教室をでた。

ろう下にある手洗《てあら》い場で、意味もなく手を洗《あら》う。流れる水が冷《つめ》たくて気持ちいい。

しばらく流水に手をひたしていたら。

「もったいね」

背後《はいご》で、低《ひく》い声がした。

顔をあげると、となりに、すっと秋斗《あきと》くんがあらわれて、蛇口《じゃぐち》をひねって、水を止めた。

「節水《せっすい》」

「……はい」

今、まわりには、生徒《せいと》はだれもいない。

「おまえさ」

「なに？」

秋斗《あきと》くんが学校で話しかけてくるなんて、何か月ぶりだろう？　そういえばこの前、マンションのエレベーターでも、なにかいいたげだった。

「部活、なんもしねーの？」

「しないよ」

「水泳部は？」

どくんと、心臓《しんぞう》が鳴った。

「入らないよ。なんで？」

「……いや。もったいねーなって、思って」

「なにが」

「半端《はんぱ》なとこでスクールやめただろ？」

「ああ……」

わたしは秋斗《あきと》くんから視線《しせん》をはずした。

「フォームがきれいだからもっとタイムのびそうだってコーチにいわれてたのにさ」

「タイムなんてのびなくていいし。わたし、もう、泳ぐのいやになったんだよ」

でも、と、秋斗《あきと》くんが口を開いたタイミングで、教室から男子がでてきた。

「秋斗《あきと》ー。なにやってんだよ。こっちこいよー」

「今いくー」

秋斗《あきと》くんはのびやかな声で返事をした。そして、さっと教室にまいもどってしまった。

水泳部なんて、入るわけないじゃん。

蛇口《じゃぐち》から、ぽとりとしずくがしたたり落ちる。わたしはそれを、じっとにらんでいた。


ぼんやりしているうちに、午前の授業《じゅぎょう》も終わり、給食《きゅうしょく》も終わり、午後の授業《じゅぎょう》も終わった。

今日は水泳の授業《じゅぎょう》はない。

昨日《きのう》はときどきおなかが重くてだるかったけど、今日は平気だった。

帰りのショートホームルームが終わると、教室はがやがやと一気にさわがしくなった。

西原《にしはら》さんの席《せき》に、ちらっと目を向ける。

昨日《きのう》、「明日もくる」っていってたけど……。本当かな。

そういえば西原《にしはら》さん、部活やってないっていってた。運動神経《しんけい》いいし、運動以外《いがい》でもなんでも器用《きよう》にこなしそうだし、どこの部に入っても活躍《かつやく》できそうなのに、なんでだろう？

そんなことを考えていたら、西原《にしはら》さんがふいにこっちを向いて。

ばしっと、目があってしまった。

どきどきと心臓《しんぞう》が鳴る。

西原《にしはら》さんは、にいーっと、ほほえんだ。

とたんに、かあっと顔が熱《あつ》くなる。今、わたしに向けて笑《わら》いかけたんだよね？

ってことは、やっぱり、昨日《きのう》の出来事は夢《ゆめ》じゃない……。

あいまいな笑《え》みを返して、さっと下を向く。なんだかおちつかなくて、しきりに自分の前髪《まえがみ》をさわってしまう。

「すみれ。くつ箱までいっしょにいこ」

ぽんと背中《せなか》をたたかれた。真奈《まな》だ。

「うん」

真奈《まな》とふたりで教室をでる。

「真奈《まな》。部活って楽しい？」

歩きながら、きいてみた。真奈《まな》はうーんと目を泳がせた。

「べつに、可《か》もなく不可《ふか》もなくって感じ。部活やってたほうが高校入試《にゅうし》で有利《ゆうり》かなーって思って入っただけだし」

「なるほどね」

やっぱりわたしは帰宅部《きたくぶ》のままでいいや。

くつ箱でくつをはきかえて、ばいばいと手をふった。真奈《まな》は今からクラブハウスにいってジャージに着かえる。

ひとり、とぼとぼと歩く。正門を通りぬける。……と。

「永野《ながの》さんっ」

明るい声が、わたしを呼《よ》んだ。

「……西原《にしはら》、さん」

西原《にしはら》さんは息をはずませている。走ってきたんだ。

「いっしょにいこうよ。おばあちゃんち」

「う、うん」

「教室でるとき、声かけようって思ってたんだけど、永野《ながの》さん、沢口《さわぐち》さんと帰るみたいだったからエンリョしちゃった」

西原《にしはら》さんはからりと笑《わら》う。

「でもよかった、おいついて」

「う、うん」

わたし、さっきから「うん」しかいえてない。

あまりにもびっくりしすぎて。まさか、こんなふうに話しかけてくれるなんて。

西原《にしはら》さんはわたしよりだいぶ背《せ》が高いから、となりにいると見上げるかたちになる。

何センチあるんだろう？　一七〇こえてる？　秋斗《あきと》くんより高いよね。モデルさんみたい。

「どしたの？」

西原《にしはら》さんは首をかしげた。

「えっ。ううん。なんでもない」

「そういえば、永野《ながの》さんも、部活やってないんだね」

「うん。西原《にしはら》さんは……」

「あたし、小学生のころは、地域《ちいき》のバレーボールクラブに入ってたんだけどね」

「へえ……」

あまりにも似合《にあ》う。

「中学ではやらないの？」

「うーん。バレー、楽しくないことはないけど、もういいかなって。背《せ》が高いと、やたらすすめられるんだよ、バレーとかバスケとか。それでやらされてただけだから」

「そうなんだ」

でも、もったいないなあ。

「中学ではほんとに興味《きょうみ》あることやりたいって思ってたんだけど、あんまりおもしろそうな部活、なくって」

「たしかに」

そもそも運動部以外《いがい》の部活が少なすぎるんだもん。

「だからあたし、運命かなって思って」

「運命？　なにが？」

「おばあちゃんの庭仕事、手伝《てつだ》ってっていわれたこと。あのとき、ちょっと迷《まよ》ったけど、こんなチャンスないなって思って。だれかに背中《せなか》おされた気がした」

西原《にしはら》さんの声が、ひときわはずんだ。

「ひみつのガーデニング部、だね」

いしし、と、いたずらっぽく西原《にしはら》さんは笑《わら》う。そして、ふと真顔になって、

「べつに『ひみつ』にする必要《ひつよう》、ないか。悪いことするわけじゃないんだし」

とつぶやく。

「わ、わたしは、『ひみつ』がいい……！」

きゅうに大きな声がでてしまって、自分でもびっくりした。

西原《にしはら》さんは目をまるくしている。

「そ、そう？　なんで？」

「なんとなく……」

わたしみたいな地味グループの子の親戚《しんせき》の家に通ってるなんて、クラスのみんなに知られたら、西原《にしはら》さん、いやじゃないのかなって、思ってしまったから。

たとえ西原《にしはら》さん自身が気にしなくても、西原《にしはら》さんのいるきらきらグループの子は、よく思わないかもしれないし。

それに。「ひみつ」っていう言葉が、すごく、すごく、甘《あま》やかにひびいたんだ。

わたしの「理想の女の子」西原《にしはら》さんと、わたしだけの、「ひみつ」……。

「そ？　じゃ、ひみつのままでいーよ」

さらっと西原《にしはら》さんはこたえた。初夏の風みたいにかろやかだ。

クラスでの立ち位置《いち》とか、まわりにどう思われるかとか、そんなことばかり気にしてる自分が、みみっちく思えてしまう。

ハルばあちゃんちについた。門扉《もんぴ》はあいている。

今日は、ハルばあちゃん、庭にはいないみたい。

チャイムをおすと、「はーい」と、のんびりした声が返ってくる。

「あがるよー」

わたしはくつをぬいで、西原《にしはら》さんに、「どうぞ」とうながした。

いつもの六畳間《ろくじょうま》で、ハルばあちゃんは麦茶を飲んでいる。

「まってたよ」

グラスを置《お》いて、にやりとほほえむハルばあちゃん。

「今日はふたりに、苗《なえ》の植えつけをしてもらうよ」

「苗《なえ》!?　なんの!?」

「グリーンカーテン」

「カーテンの苗《なえ》？」

わたしは首をひねった。でも、西原《にしはら》さんはぴんときたみたいで。

「たぶん、にがーい野菜《やさい》だと思う」

と、わたしにささやいたんだ。

6 はじめての植えつけ

庭にでると、ハルばあちゃんは、大きなプランターをふたつ、もってきた。

横幅《よこはば》は、だいたい六〇センチぐらい？　もっとありそう。わたしの肩《かた》から指先までよりもっと長い。深さもけっこうある。

ほかにも、ホームセンターで売っている袋《ふくろ》入《い》りの土とか、なぞのバケツとか、スコップとか、ひょろっとした苗《なえ》（苦い野菜《やさい》？）の植わったポットとか……たくさん並《なら》べてある。

ハルばあちゃんはバケツの中を指さした。

「これが鉢底石《はちぞこいし》。プランターの水切れをよくするために、底《そこ》に敷《し》くんだよ」

中には白っぽい砂利《じゃり》みたいな石ころがいっぱい入っている。

軍手《ぐんて》をはめた手で、石ころをすくってみると、意外と軽い。

「じゃあ、さっそく入れるよ」

西原《にしはら》さんがスコップで鉢底石《はちぞこいし》をすくう。ざくざくと気持ちいい音がする。

「どれぐらい入れるの？」

たずねると、

「底《そこ》がかくれるぐらいだよ」

ハルばあちゃんじゃなくて、西原《にしはら》さんがこたえてくれた。

けっこうくわしいんだ……！

ふたつのプランターに手わけして石を入れたら、こんどは土だ。深くて大きいプランターだから、大量《たいりょう》に土をつかう。

袋《ふくろ》から、スコップでちまちますくって入れていたけど、ぜんぜん終わりそうにない。

「もういっきに入れちゃおう」

西原《にしはら》さんは土の袋《ふくろ》をえいやっともちあげると、ひっくり返して直接《ちょくせつ》入れた。

「西原《にしはら》さん、制服《せいふく》、よごれるよっ」

「だいじょうぶだよ、これぐらい」

次からは、体操服《たいそうふく》に着かえたほうがいいなあ。今日は、体育なかったから、もってきてないんだよね。

「満《まん》タンに入れちゃダメだよ。六分目ぐらい。そうそう、それぐらい」

指示《しじ》をだしているハルばあちゃん、なんだかうれしそう。

土の表面を軽くたいらにならす。土はしっとりとつめたくて、でも、ふかふかとやわらかい。

「いよいよ、苦い野菜《やさい》を植えつけます～」

ハルばあちゃんがにかっと笑《わら》った。

「このプランターだと、二個《こ》ぐらい植えつけられるね。苗《なえ》と苗《なえ》の間は四〇センチぐらいはなして」

「こんな感じ？」

西原《にしはら》さんが土の上に、ポットをぽんぽんと並《なら》べた。

「うん。いいね。じゃあ植えよう。ひまりちゃん、すみれ、ポットをもって」

いわれるままに、ポットを手にする。

「中指と人さし指の間に、苗《なえ》のくきをはさんで」

「えっ」

くきをはさむ!?

苗《なえ》は、ひょろっとしたくきから、ぎざぎざの葉っぱが生えた、ちょっぴりたよりない姿《すがた》をしている。

「こう、だよ」

西原《にしはら》さんがやってみてくれた。

手をふせて、指の間にくきをはさむような感じにして、そのままポットをもって……。

「で、ひっくり返して、土ごと苗《なえ》をぬく」

ハルばあちゃんが実演《じつえん》してくれた。ポットをくるっとひっくり返すと、型《かた》からプリンをはずすみたいに、するっと、土ごとポットからぬけた。土のまわりには、白い細い根っこが、ぐるぐるとまきついていてくずれない。

「土ごと、プランターに植えるよ」

ポットからはずした苗《なえ》を、プランターの土の上にのせる。

そして、スコップで土をかぶせて、ぎゅっぎゅっと、おさえて……。

「すみれ、もっとやさしく」

ハルばあちゃんの声がとんできた。

「はあい……」

むずかしいよ～。

なんとか、苗《なえ》を全部植えつけた。

「あとはたっぷり水をあげよう。たーっぷり、ね」

ハルばあちゃんが片目《かため》をつぶった。

庭のはじっこに、水道があって、そこから直接《ちょくせつ》ホースをつないでいる。ホースの先には切りかえがついていて、水の勢《いきお》いを変《か》えられる。「ストレート」とか、「じょうろ」とか、「きり」とか。

「これぐらいがいいかな？　強すぎないほうがいいよね」

ホースをもった西原《にしはら》さんが切りかえを「じょうろ」にする。わたしは蛇口《じゃぐち》をひねった。

ぱあっと、水がほとばしる。

「きれーい」

西原《にしはら》さんははしゃいで、庭のあちこちに水をまいた。

「土のにおいがするー」

きらきらと、水しぶきがちっている。西原《にしはら》さんはからからと笑《わら》っている。

めちゃくちゃ、絵になる。西原《にしはら》さんと、水しぶき。さわやかで、清涼飲料水《せいりょういんりょうすい》のＣＭみたい。

「遊んでないで、苗《なえ》に水やり！」

ハルばあちゃんにしかられた。

「はーい」

のびやかに返事をして、西原《にしはら》さんがプランターに水をやる。

「やさしく、やさしく、たっぷりと」

「たっぷりって、どれぐらい？」

ガーデニングに興味《きょうみ》のなかったわたしは、もっと具体的《ぐたいてき》にいわれないと、いまいちわからない。

「プランターの底《そこ》から、水があふれるぐらい、だよ」

「そんなに？」

「小さい苗《なえ》の根っこが、一生懸命《いっしょうけんめい》水をすおうとして、それで成長《せいちょう》して、新しい土にしっかり根をはることができるんだよ。だから、土の中に、じゅうぶんに水がないと」

と、西原《にしはら》さん。

「へえ……」

水をすおうとして、成長《せいちょう》するんだ。新しい土に根をのばすんだ。

「えらいねえ」

わたしはしゃがんで、ひょろっこい苗《なえ》の先っぽを、つんとつついた。

小さな苗《なえ》が、すごく、けなげに見えて。

「ところでこれ、なんの野菜《やさい》？」

なにげなくきくと、西原《にしはら》さんは目をまるくした。

「なんの野菜《やさい》かわからずに植えてたの？　苦い、でわかったのかと思ってた」

「ぴ……ぴーまん？」

苦い野菜《やさい》といえばピーマン。でも、目の前のこの苗《なえ》、ぜんぜんピーマンっぽくない。

苗《なえ》の先っぽが、よく見るとくるんとカールしてて、なんか、つるみたいにからみつきそうな感じがする。

「ゴーヤだよ～。よくグリーンカーテンにするじゃん」

西原《にしはら》さんは笑《わら》った。

「そうだっけ」

そもそも『グリーンカーテン』とは？

「大きくはったネットにつる性《せい》の植物をはわせて、カーテンみたいな日よけにするんだよ。今年はうちでもやってみようと思って」

といって、ハルばあちゃんは自分のスマホをわたしに見せた。

のぞきこむと、つるのびっしりからんだ、「グリーンカーテン」の画像《がぞう》が。

「うちの小学校では、これ、やってたよ。ゴーヤじゃなくてへちまだったけど」

と、西原《にしはら》さん。

「へえ……。ゴーヤは食べられるけど、へちまって、なににつかうんだろ」

「くきからでる水を化粧水《けしょうすい》にしたり、実を乾燥《かんそう》させて、たわしにしたりするよ」

と、ハルばあちゃん。

「すみれは、ゴーヤがきらいだもんね」

いたずらっぽく笑《わら》う。

「うっ……」

好《す》ききらいをばらさないでほしい。ゴーヤがきらいなんて、子どもっぽくない？

でも。

「ゴーヤ、じつはあたしも苦手」

西原《にしはら》さんはえへへと苦笑《くしょう》した。

「っていうか、あたし、すごい偏食《へんしょく》っていうか、好《す》ききらい多いんだよね」

「そういえば昨日《きのう》も、給食《きゅうしょく》が食べられなかったって」

きらいなものばかりだったっていってた。

「ゴーヤも、ピーマンも、にんじんもダメだし。きのこは全部無理《むり》でしょ、肉も鶏肉《とりにく》しか食べられないし……。魚も白身とサーモンとツナしか無理《むり》。生魚《なまざかな》は全部ダメ」

「えっ。じゃあお寿司《すし》食べられないね」

「でも回転寿司《ずし》は好《す》きだよ。からあげとかカッパ巻《ま》きとかツナマヨコーンとか」

西原《にしはら》さんがいうと、ハルばあちゃんが、

「安あがりだね」

と苦笑《くしょう》した。

「さて。苗《なえ》の植えつけついでに、これからミニトマトのわき芽《め》取りをしてもらおうか」

「わき芽《め》？」

「あたし、わかるよ」

と、西原《にしはら》さん。

「じゃあお願《ねが》い。お茶の準備《じゅんび》してるから、終わったらおいで」

といって、ハルばあちゃんは家の中に戻《もど》った。

ミニトマトも、ゴーヤと同じぐらいの大きさのプランターに、ひと株《かぶ》植えてある。そして、なぜかバジルもいっしょに植わってる。

ミニトマトの苗《なえ》は三〇センチぐらいの背丈《せたけ》。これからまだ大きくなるのかな？

でも、もう黄色い花が咲《さ》いている。

葉っぱの根元を、西原《にしはら》さんは指さした。

「永野《ながの》さん。これがわき芽《め》だよ」

いわれて、じっと見ると、葉っぱとくきの間から、小さな芽《め》——たぶんこれから新しいくきになる芽《め》——が生えている。

「とっちゃっていいの？」

「うん。っていうか、この育て方だったら、とらなきゃダメ」

「なんで？」

「くきがいっぱい生えて育ったら、花や実に栄養《えいよう》がいかないじゃん。だから、メインのくきだけのこして大きく育てて、たくさん収穫《しゅうかく》するってわけ」

「なるほど……」

育てたいところに栄養《えいよう》を効率《こうりつ》よくいきわたらせるのか。

植物は、いいなあ。

わたしの体はどうなってるんだろ。胸《むね》なんかいらないから、西原《にしはら》さんみたいに、身長がほしい。

「どしたの？　ボーっとして」

西原《にしはら》さんが、わたしの目の前で、手のひらをひらひらうごかした。

はっとわれに返る。

「ご、ごめん。わき芽《め》って、手でちぎっていいの？」

「うん。簡単《かんたん》にとれるよ」

西原《にしはら》さんはわき芽《め》をつまんで、ぷちっとちぎりとった。

「こんな小さな芽《め》も、ちゃんと青くさいっていうか、トマトっぽいにおいがする」

西原《にしはら》さんがもいだ芽《め》をわたしてくれた。

「ほんとだ」

トマトのへたのところのにおいにそっくり。

「っていうか、西原《にしはら》さんは、トマトは食べられるの？」

ソボクな疑問《ぎもん》。

「トマトもミニトマトも平気。でもねえ……、ナスはちょっと苦手」

トマトのプランターの横に、ナスのプランターもある。

「仲間《なかま》なんだけどね、ナスもトマトも」

西原《にしはら》さんはためいきをついた。

「えっ。仲間《なかま》？　ぜんぜんちがくない？」

「大きなくくりでいうと、仲間《なかま》だよ。同じナス科。ちなみにピーマンも」

「へえ……」

「実《み》はぜんぜんちがうけど、花は似《に》てる気がする。色はちがうけど」

「そうなんだ。きらいな野菜《やさい》のことも詳《くわ》しいんだね」

「観賞《かんしょう》するのは好《す》きなんだ」

西原《にしはら》さんは苦笑《くしょう》した。

きれいな花ならまだしも、野菜《やさい》を観賞《かんしょう》するのが好《す》きなんて、けっこう変《か》わってるんだな。西原《にしはら》さんのこういうところ、教室でいつもいっしょにいるきらきらグループの子たちは、知ってるのかな……？

なんてことを思いながら、ミニトマトの「わき芽《め》」をさがして、つんだ。

7 水しぶきとパッション

次の日も、学校が終わると、西原《にしはら》さんといっしょにハルばあちゃんちにきた。

体育の授業《じゅぎょう》はあったけど、水泳だから、体操服《たいそうふく》はつかわない（どっちにしてもまだ見学だけど）。

でも、わたしはもってきた。ひみつのガーデニング部のために。

だって、ハルばあちゃんに、なにをたのまれるかわかんないんだもん。

「あたしももってきたよ」

西原《にしはら》さんはにまっと笑《わら》う。

「そのへんの部屋で、適当《てきとう》に着かえていいよ」

と、ハルばあちゃん。

わたしはテレビのある六畳間《じょうま》で、西原《にしはら》さんはそのとなりの部屋で着かえた。

いくら女子同士《どうし》で、学校では同じ教室で着かえているとはいっても、……別々《べつべつ》がいいにきまってる。

でも、西原《にしはら》さんってさっぱりさばさばした雰囲気《ふんいき》だし、あんまりそういうのは気にしないのかな？　って、ちょっと思ったけど。

「ありがと！」

っていって、西原《にしはら》さんは別《べつ》の部屋にすぐさまいった。

いっしょの部屋でいいじゃん、っていわれなくて、ほっとしてしまった。

よく考えたら、体育のときも、みんな、こそこそと身をかくすようにして着かえてる。しかも手早く。

見られたらはずかしいもんね。わたしみたいに自分の体がきらいな子だったら、なおさら。

西原《にしはら》さんは、そんなことないと思うけど。

着がえをすませて、ふたりで庭にでると、ハルばあちゃんが、わたしたちの頭に、麦わら帽子《ぼうし》をかぶせてくれた。

「ありがとう。わざわざ用意してくれたの？」

「たまたま通りかかった店で安売りしてたから。あんたたちの作業用にちょうどいいって思って」

ハルばあちゃんはにまっと笑《わら》って、

「昨日《きのう》は野菜《やさい》を植えたから、今日は花を植えよう」

と、ぐっと親指をたてた。

「花？　花壇《かだん》に？」

たずねると、ハルばあちゃんは首を横にふる。

「鉢《はち》を用意したから、すみれとひまりちゃん、それぞれ、自分だけのよせ植えをつくってもらいます！」

「よせ植え？」

わたしの頭にうかんだのは、ぐつぐつとにえたぎる、よせ鍋《なべ》。

でも、西原《にしはら》さんはぱあっと目をかがやかせた。

「というわけで、いろんな花苗《はななえ》を用意してきたよ。どれを植えるか、よりどりみどりだよ～」

じゃーん、と、ハルばあちゃんは、ちょうどテレビのある部屋のはきだし窓《まど》の外あたりにある、木のベンチを指さした。

色とりどりの花が咲《さ》いたポットが、たくさん置《お》いてある。

「わあっ……！　かわいい！」

さっそく西原《にしはら》さんがひとつ手にとった。

「このペチュニア、上品な色～」

「朝顔に似《に》てるね」

深い青色の、ラッパ形《がた》の花がたくさんついている。

「花の形は似《に》てるよね」

と、西原《にしはら》さん。

「うまく育てたら、たっくさん花がついて、豪華《ごうか》な花束《はなたば》みたいになるよ」

と、ハルばあちゃん。

「これはニチニチソウ、ペンタス、ロベリア」

西原《にしはら》さんはポットを指さしながら、次々《つぎつぎ》に花の名前をあげた。

「すごい。わたし、どの花の名前もわかんないよ」

「あたしもわかんないの、ある。これとか」

細いくきがたくさん生えた、緑いっぱいの苗《なえ》。蝶《ちょう》が羽をとじたみたいなかたちをした、小さい白い花がついている。

「それはユーフォルビア・ダイヤモンドフロスト」

と、ハルばあちゃん。

ダイヤモンド？　すごい名前。

「これは？　この、ひまわりみたいなの」

ひまわりをミニミニサイズにしたみたいな、黄色い元気な花。

「それはルドベキアだよ。暑さに強い」

「へえ〜」

おぼえらんないよ〜！

「自分の鉢《はち》に、好《す》きな花を組み合わせて植えてみてごらん」

ハルばあちゃんはいった。なるほど、それが「よせ植え」か。

「植え方は、昨日《きのう》のゴーヤとだいたいいっしょだよ」

「はーい」

わたしと西原《にしはら》さんは、それぞれ、昨日《きのう》と同じ手順《てじゅん》で、鉢《はち》に土を入れた。

「うーん。なに植えよう」

西原《にしはら》さんは苗《なえ》のポットをいくつか、土の上に置《お》いて、配置《はいち》を考えている。

「色合いとか、背《せ》の高さのバランスとか、……センス問われるなあ」

わたしもポットをいくつか並《なら》べた。

白いペチュニアと、青い花がたくさんついた苗《なえ》（ロベリアって、西原《にしはら》さんがさっきいってた）

と、小さいひまわりみたいなルドベキア。

「永野《ながの》さんの、すっごくいい。色合いもさわやかだし、永野《ながの》さん、センスあるよ」

西原《にしはら》さんが目を見はった。

思いがけずほめられて、ほおがかあっと熱《あつ》くなる。

「そ、そ、そうかな」

挙動不審《きょどうふしん》になってしまった。西原《にしはら》さんはくすっと笑《わら》うと、自分の鉢《はち》をわたしに見せた。

「あたしは赤いペンタスをメインにしたよ」

「素敵《すてき》！」

ペンタスは、小花がびっしりついた毬《まり》みたいな花をいくつもつけている。小花っていっても、花びらの先がとがっているから、まるで火花みたい。

赤い花火みたいなペンタスのまわりに、緑がふわふわしたユーフォルビア。ルドベキアの黄色がアクセントになってる。

「夏って感じだね」

「うん。でもちょっとさびしいし、すきまもあるから、白いニチニチソウも植えようかな」

西原《にしはら》さんは、五枚《ごまい》の花びらの白い花がたくさんついたニチニチソウを手にとった。

「うん。合うと思う。わたしもここのすき間にユーフォルビア植えようかな、どう思う？」

「合うと思うけど、この先ペチュニアがわさわさに育つから、密《みつ》になりすぎちゃうんじゃない？」

「そっか……。先を見なきゃいけないね」

顔をよせあって相談しあうわたしたちを見て、ハルばあちゃんは、

「ふたり、ほんとに息があってる」

感心したように、つぶやいた。

「えっ」

そう見える!?

正直、めちゃくちゃうれしい。

でも、西原《にしはら》さんのほうは……、微妙《びみょう》なんじゃないかな。だって、教室で目立たないポジションにいるわたしと「息が合ってる」とかいわれても……。

ちらっととなりを見ると、西原《にしはら》さんは、夢中《むちゅう》で苗《なえ》を植えつけている。

きこえてなかったのかな。

ほっとしたような、でも、ちょっとだけさびしいような……。

気をとりなおして、わたしも苗《なえ》を植えつけた。

そして……。

「完成《かんせい》!!」

西原《にしはら》さんが声をあげた。

「われながらかわいくできた！」

うんうんと、うなずいている。

「わたしもできた」

けっこう、自信作《じしんさく》。

「永野《ながの》さんの、やっぱりすごくかわいいよ。タイトルは？」

「えっ」

「もしくはテーマでも」

よ、よせ植えのタイトル？　テーマ？

「えっとぉ……」

頭を必死《ひっし》にフル回転させる。

わたしのよせ植えで、まっさきに目がいくのは、ロベリアの青かな、やっぱ。青いものっていったら……。

「な、夏の水しぶき」

とっさに、わたしは口走っていた。

一瞬《いっしゅん》、しーんと静《しず》かになった。

西原《にしはら》さんも、ハルばあちゃんも、きょとんとしている。

しまった。すべった？　ってか、ダサい？

「水しぶき……」

西原《にしはら》さんが小さくくり返す。

「いや、これは、思いついたことをそのままぽんっと口にしちゃっただけで」

あわあわといいわけした。めちゃくちゃはずかしい！

西原《にしはら》さんが急に「タイトル」とかいうから〜！

「永野《ながの》さん、おもしろいね。水しぶきなんて発想、あたしにはないから、へえーって思った」

西原《にしはら》さんがいった。フォローしてくれてる？　やさしいなあ。

「すみれはスイマーだからね。プールの水しぶき、ぱっと思いついたんじゃない？」

ハルばあちゃんが、あまった苗《なえ》をほかのプランターや鉢《はち》に植えながら、なにげなく口にした。

「スイマー？」

西原《にしはら》さんが目をぱちりとしばたたく。

「水泳やってたんだよ。毎週、スクールに通って。楽しい楽しいっていってさ」

ハルばあちゃんは目を細める。

「そうなんだ！　へえ～」

「一度すみれを市民《しみん》プールにつれてったことがあるんだけど、イルカみたいにきれいに泳ぐからさ、感心しちゃったよ」

ハルばあちゃんはとくいげに語り始めた。どうにかして話を変《か》えたい。

「永野《ながの》さん、こんど泳ぎ方教えてよ。あたし、息つぎがどうしてもうまくいかなくって」

西原《にしはら》さんはわたしに向きなおった。その目が、きらきらかがやいている。

直視《ちょくし》できなくて、下を向いた。

「も、もうやめたから……」

わたしの声、消え入りそうだ。

「中学で水泳部に入るつもりだから、スクールはやめたんだって思ってたけど」

ハルばあちゃんは首をかしげる。

「もういいじゃん、その話は。それより、西原《にしはら》さんのよせ植えのタイトルはなに？」

どうにかこうにか、話をそらした。

西原《にしはら》さんは、

「パッション！」

と、にーっと笑《わら》った。

そのあと、わたしたちは、完成《かんせい》したよせ植えを台（いろんな高さの台を、ハルばあちゃんはもっている）に乗せて、ハナミズキの木のそばのあたりに置《お》いた。

ハルばあちゃんが植えつけたプランターは、フックをつかってフェンスに引っかけた。ハンギングっていうらしい。

そして、たっぷりのお水をあげる。

鉢底《はちぞこ》の穴《あな》から、水が流れでるぐらい、たっぷり。もう覚《おぼ》えた。

「ごくろうさま。じゃ、お茶にしよう。庭の水道で手を洗《あら》ってから入っておいで」

ハルばあちゃんがにっこり笑《わら》う。

「あたし、その前にちょっと写真とろうっと」

西原《にしはら》さんは、手を洗《あら》ったあと、ハーフパンツのポケットから自分のスマホをとりだした。

「記念《きねん》に！」

パシャっと、シャッター音がひびく。

「永野《ながの》さんの『夏の水しぶき』もとろうっと」

「わたしのはいいよ~。それに、そのタイトルはもう忘《わす》れて~」

「いいじゃん。一か月後には、このよせ植えも育って、もっとたくさん花が咲《さ》いてるでしょ?

今日の写真と見くらべようよ」

「観察《かんさつ》日記みたい」

「観察《かんさつ》日記か。いいね。まじでやろうかな? ゴーヤとか、ほかの野菜《やさい》も」

楽しいガーデニング部が、いっきに理科の授業《じゅぎょう》みたいになってしまった。でも、西原《にしはら》さんははりきっている。ほんとに好《す》きなんだなあ、こういうのが。

西原《にしはら》さんはしばらく、庭の花や木や野菜《やさい》の写真をとり続《つづ》けて。わたしはベンチのところで、ぼんやりまっていた。

すると、いきなり。

西原《にしはら》さんがたたっと、わたしのもとにかけてきた。

「どうしたの?」

「そういえば、永野《ながの》さんの連絡先《れんらくさき》、きいてないなって思って」

「えっ」

わたしは思わず、自分の顔を指さした。わたしの？

西原《にしはら》さんはうなずく。

「スマホもってる？」

「う、うん」

「なにかSNS《エスエヌエス》やってる？」

「親に禁止《きんし》されてるから……。メッセージアプリだけ入れてる」

「そっか。じゃ、ID《アイディー》教えて」

「う、うん」

わたしはジャージのポケットから自分のスマホをだした。

とくとくと心臓《しんぞう》が鳴っている。中学校に入ってから、ほかの小学校出身の人と連絡先交換《れんらくさきこうかん》するの、はじめてだ。しかもそれが、一方的《いっぽうてき》にあこがれていた西原《にしはら》さんだなんて。

ID《アイディー》を教えると、さっそくメッセージがきた。

さっきのよせ植えの画像《がぞう》。

そして、「よろしくね」って。

スマホから顔をあげると、西原《にしはら》さんが、にいーっと笑《わら》った。つられるように、わたしも笑《わら》った。

「前から思ってたんだけど、『すみれ』っていい名前だね」

「そ、そうかな。かわいいとは思うけど、かわいすぎてわたしには似合《にあ》わないなあって」

「そんなことないよ。ねえ、『すみれ』って呼《よ》んでもいい？」

えっ！

「い、いいよ」

「やった。じゃ、あたしのことも名前で呼《よ》んでよ」

「う、うん。……ひまりちゃん」

「ちゃんづけはキャラじゃなくてはずかしいから、ひまりって呼《よ》んでよ」

「いいの？　じゃあ……」

わたしは息をすうっとすって。

「ひまり」

思い切って口にした。

「なんでそんなにかたいカオしてんの？」

西原《にしはら》さ……ひまりは首をかしげる。

「そ、そう？　そんなことないよ」

そんなことないけど……。

なんだか体がふわふわする。一気にきょりがちぢまったみたいで。

まるで。まるでわたしたち……、友だちみたいじゃない？

そう思うと、顔が熱《あつ》くなる。

すると、ベンチのうしろのはきだし窓《まど》が、がらっと開いた。

「ふたりとも、おそい。早くおいで」

ハルばあちゃんだ。

「はあい！」

ふたりそろって返事して、急いで家の中に入った。

8 うっとうしい体

次の日も、その次の日も。土日をはさんで、週明け、月曜日も。

わたしたちの、「ひみつのガーデニング部」活動は続《つづ》いた。

おたがい用事がない日は、ハルばあちゃんの庭に通った。晴れの日だけじゃなくて、雨の日も。

学校からは、いっしょにいく日もあったり、別々《べつべつ》にいく日もあったりしたけど、教室ではあいかわらず、つかずはなれずのきょりにいる。

女子も男子も、自然《しぜん》といくつかのグループにわかれて、それぞれ休み時間をすごしてるけど、ちがうグループの人となかよくしちゃいけないってことは、もちろんない。

そういうの、気にしない人は、ぜんぜん気にしない。真奈《まな》はたぶんこだわらないほうだと思う。

でも、気にする人は……するんだよね。

わたしは自分から人の輪《わ》に入るのが苦手だし、部活もしていないから、同じクラスで友だちって呼《よ》んでいいぐらいいたくさんしゃべる人、真奈以外《まないがい》ではひまりだけ。

名前で呼《よ》ぶことにも、慣《な》れた。

だけど、それは放課後《ほうかご》だけ。

ひまりのいるグループの子たちは、結束感《けっそくかん》が強くて。なかなか、ほかのグループ……それも、いちばん目立たない立ち位置《いち》にいるわたしは、近づけない。

もしわたしが、ハルばあちゃんの庭にいるときみたいに、みんなの前で「ひまり！」って呼《よ》んだりしたら。ひまりが、ほかの子たちに、「なんであの子となかよくしてんの？」なんていわれそう。

……って、それはさすがに考えすぎかな？

「すみれ。次、体育だよ」

休み時間、ぼんやりしていたら、真奈《まな》に肩《かた》をたたかれた。

「そうだった」

急いで着かえないと。ひさしぶりに水泳の授業《じゅぎょう》だ。

体育の授業《じゅぎょう》は、全部水泳ってわけじゃなくて、体育館でのマット運動と、こうごにおこなわれている。プールがひとつしかないから、つかえる時間がかぎられてるせいだと思う。

生理が終わったあと、天気が悪かったのもあって、しばらくマット運動の授業《じゅぎょう》が続《つづ》いたから、ほんとうにひさびさだ。

ふたりで、プール用の更衣室《こういしつ》に移動《いどう》した。

ラップタオルを頭からすっぽりかぶる。大きなバスタオルを筒状《つつじょう》にしてゴムを通したもので、かぶると、まるでてるてる坊主《ぼうず》みたいになる。着かえるときにすごく便利《べんり》。

タオルの中で器用《きよう》に服をぬいで、水着に着かえる。

「すみれはいいなあ。泳げるから。あたし、かなづちだからつらいよ」

ささっと着がえをすませた真奈《まな》が、水泳帽《すいえいぼう》をかぶりながら、ためいきをつく。

あいまいな笑《え》みを返した。

わたしの授業用《じゅぎょうよう》の水着は、セパレートで、下がショートパンツになっているもの。着がえも楽だし、ワンピースタイプよりはずかしくない。

それでも、タオルをぬぎたくない……。

「すみれ、早くっ」

真奈《まな》にせかされて、観念《かんねん》してタオルをぬいだ。ラッシュガードをはおって、水泳帽《すいえいぼう》をかぶる。

去年より胸《むね》が大きくなった。

おしりも、ほかのクラスメイトより、大きい気がする。

毎日おふろでためいきをついてるけど、学校の授業《じゅぎょう》だと、まわりの子とくらべてしまうから、なおさら落ちこんでしまう。

真奈《まな》も、ほかの子もほっそりしてるのに。

なんでわたしは……。

シャワーをあびて、プールサイドへ。今日はくもっていて、じっとりとむし暑い。

先生がきた。始業のあいさつをして、準備《じゅんび》運動をする。

プールの水面は、ゆらゆらゆらめいていた。

指先をつけると、ひんやりとつめたい。つま先、腕《うで》、心臓《しんぞう》に遠いところから水をかけて、プールに入る。

水に入る瞬間《しゅんかん》はつめたいけど、全身つかってしまえば、そうでもない。体が水の温度になじむ。

それに……。体もかくれる。

息を止めて頭までとぷんと沈《しず》むと、ゆらめく水色の世界。ほかの女の子たちの、たくさんの白い足もゆらめいている。

水面に顔をあげると、ちょうど、視界《しかい》にひまりの姿《すがた》がうつりこんだ。

息つぎ教えてって……いわれたっけ。

たしかに、息つぎがスムーズになれば、一気にのびそうなんだよね。フォームも悪くないし。

ピリッと、ホイッスルの音が鳴って、われに返った。

「泳げる人」「そこそこ泳げる人」「苦手な人」のグループにわかれて練習する。

最初《さいしょ》の授業《じゅぎょう》で泳力別《えいりょくべつ》のグループわけがあったけど、わたしは見学していたから、自己申告《じこしんこく》で「そこそこ泳げる人」のグループに入れてもらった。

レーンに並《なら》んで、ビート板をつかって泳ぐ。

なるべく目立ちたくない。

無難《ぶなん》に授業《じゅぎょう》をやりすごしたい。

わたしの番がきた。水をけって進みだす。

スクールで泳いでいたときよりも、ゆったりめに泳ぐ。

六年生の授業《じゅぎょう》以来《いらい》だから、一年ぶりだなあ。

前は、毎週泳いでいたし、夏は市民《しみん》プールにも通っていたのに。

今は考えられない。なんで、あんなに大勢《おおぜい》の人がいる前で、泳げてたんだろう?

ビート板の先っぽが壁《かべ》につく。顔をあげて、ゴーグルをあげる。

ビート板ありで二回、なしで二回レーンを泳いだあと、ホイッスルが鳴った。

「みなさん、プールからあがってください」

先生がさけんだ。

よかった。もう、授業《じゅぎょう》終わりだ。

プールからあがると、水の中にいたときとの落差《らくさ》で、やたら体が重く感じる。

スクール水着の群《む》れが、先生の指示《しじ》にしたがって、プールサイドに整列して座《すわ》る。

先生が話している間じゅう、わたしはうつむいて、はだしのつま先をじっと見つめていた。

早く制服《せいふく》に着かえたい。制服《せいふく》、好《す》きじゃないけど、水着よりはまし。

どうしてこんなに、自分の体がうっとうしいんだろう。

なんのふくらみもない、細い体だったらよかったのにな。

いっそ、わたしが男の子だったら……。

たちあがって、終業のあいさつをしたところで、チャイムが鳴った。

体育の授業《じゅぎょう》は四時間目だったから、着かえるとすぐ給食《きゅうしょく》だ。ほんとにばたばたといそがしい。

真奈《まな》は給食《きゅうしょく》当番だから、一足先に教室にもどった。

ぬれた髪《かみ》をふきながら、ひとり、ぼんやりと教室まで歩く。

すると、ぽんっと、腕《うで》をたたかれた。

顔をあげると、

「よっ」

ひまりが、にっと笑《わら》って片手《かたて》をあげている。

「ひ、ひまり」

「見てたよー、すみれが泳ぐの」

「えっ。う、うそ」

動揺《どうよう》して、プールバッグを落としそうになってしまった。

「フォームっていうの？　泳ぎ方きれいだなって思った」

「そ、そんなことは……」

「なーにケンソンしてんのっ」

ひまりは、あはっと笑《わら》って、わたしの腕《うで》をバシバシはたく。

「でも、さ」

ひまりは急にまじめな顔になって、わたしの目をじっと見つめた。

な、なに？

どぎまぎしてしまう。

でも、ひまりが続《つづ》きの言葉を口にしようとしたタイミングで、

「ひまりー！　早くいこう！」

ろう下の、一メートルほど先で、ひまりの友だちの桜井《さくらい》さんがさけんだ。

「じゃね、すみれ。またあとで」

小さく手をふって、ひまりは桜井《さくらい》さんのもとへかけていく。

「また、あとで。……か」

小さく、ひまりの言葉を口の中でくりかえした。

あとで、って。放課後《ほうかご》、ハルばあちゃんちで、ってことだよね。

ふわっと、胸《むね》の中にうれしさが広がった。それは、綿菓子《わたがし》みたいにほんのりあまい。

……だけど。

さっき、ひまり、わたしになにをいおうとしてたんだろう?


放課後《ほうかご》になった。

教室をでると、いつものように、部活のある真奈《まな》と、くつ箱のところまでいっしょにいって、そこで別《わか》れた。

玄関《げんかん》ホールをでて、わざとゆっくりめに歩く。運がよければ、ひまりといっしょにいける。

今日は、ひまり、桜井《さくらい》さんたちとのこっておしゃべりしてたから、タイミング合わないかもなあ。でもまあ、いいや。どうせハルばあちゃんちで会えるし。

そんなことを考えていると、ふと、視線《しせん》を感じた。

足をとめてふりかえる。わたしの少しうしろに、安達《あだち》くんと森《もり》くんがいた。

ふたりでにやにや笑《わら》って、なにかひそひそ耳打ちしあっている。

どくどくと、鼓動《こどう》が速くなった。

べつに、わたしが笑《わら》われてるわけじゃない。わたしが悪口をいわれてるわけじゃない。さっきの視線《しせん》だって、きっとわたしの気のせいだ。

そう、自分にいいきかせるけど、どうしても、いやなほうに考えてしまう。

ぎゅっとスクバを胸《むね》にかかえて、下くちびるをかんでうつむいた。早足で歩きだす。

すると。

「すみれ!」

「わっ!」

うしろから走ってきたひまりが、わたしの背中《せなか》に、とんっと体ごとぶつかってきたんだ。

「び、びっくりしたあ……」

ふりかえると、ひまりは、いたずらっ子みたいに、「にしし」と笑《わら》っている。

「なんでいきなりぶつかってきたの」

「だってすみれ、さささーって、めっちゃ早足だったんだもん。なんか、逃《に》げてるみたい」

ひまりはわたしの顔をのぞきこんだ。

「悪いことでもしたのかなーって」

にっと、口角をあげるひまり。

「するわけないじゃん」

わたしはわずかに視線《しせん》をはずした。

「だよねー」

ひまりはからからと笑《わら》う。

「それよりすみれ、今日の数学の授業《じゅぎょう》、わかった？　あたし、ちんぷんかんぷんで」

「わたしもわかんなかった。数学苦手だもん」

おしゃべりははずむ。

よかった。ひまりがきてくれて、いやなほうにひっぱられていた気持ちが、ちゃんと元にもどった。軽くなった。

って、思った矢先。

「めっずらしー組み合わせ」

のぶとい声がとんできた。

……安達《あだち》くんだ。気のせいじゃなく、わたしたちに向けていってる。

「あんたたち、今日、部活休み？　テニス部だよね？　たしか」

ひまりはふつうに会話している。

「まーな」

森《もり》くんがこたえた。

「ってか、やっぱ西原《にしはら》ってデカいな」

「いきなりなに？」

ひまりは眉《まゆ》をひそめた。ほんと、いきなりなんなんだろう。

「なに食ったらそんなに身長のびるわけ？」

「べつにあんたたちに関係《かんけい》ないし」

ひまりはそっけなくこたえた。わたしは、……ひやひやしている。

安達《あだち》くんと森《もり》くんが、いったいなにをしたいのか、ぜんぜんわかんない。急にひまりの身長のことをもちだしたりして……。

「永野《ながの》もさあ」

安達《あだち》くんがにやっと笑《わら》った。えっ、わたしがなに？

「なに食ったら、そ」

「あのさあ」

安達《あだち》くんのせりふを、ひまりはぴしゃっとさえぎった。

「人の見た目のこと、いろいろいってくんの、やめてくれない？」

まっすぐに、するどく、安達《あだち》くんたちの目を見つめて。

「べつに、質問《しつもん》しただけだし。おれも身長ほしいからさ」

森《もり》くんはそんなふうにいったけど、ひまりは、

「じゃあ、その『質問《しつもん》』も、これからはやめてくれる？　こたえてもいいよって人にきくか、ネットか図書館で調べて」

ぴしゃりといいきった。

「なんだよこれぐらいで」

「安達《あだち》と森《もり》にとっては『これぐらい』でも、あたしはいやだから、おぼえておいてね」

じゃ、と、ひまりは安達《あだち》くんたちに背《せ》を向けた。

「いこ、すみれ」

「う、うん」

早足で歩くひまりに、一生懸命《いっしょうけんめい》ついていく。

「まって」

「ごめん」

正門をでたところで、ひまりは立ちどまる。

「ひまりは、……強いね」

思わずつぶやくと、ひまりは、

「そんなことないよ」

小さく、こたえた。

「でも、あんなにはっきりいい返せて、すごい」

「あいつら、前、自習のとき、あたしに注意されたことあったじゃん？　それ、根にもってるのか知らないけど、何度もからんでくんの。ぜったい弱みみせたくない」

ひまりはじっと、にらむように、前を見つめていた。

9 スイミングをやめた理由

ハルばあちゃんちで体操服《たいそうふく》に着かえると、まず、野菜《やさい》のお世話をする。わき芽《め》を取ったり、支《し》柱《ちゅう》を土にさしたり。今日は、肥料《ひりょう》もあげた。

わたしたちが植えたゴーヤの苗《なえ》も、大きくなった気がする。

「あと一週間ぐらいたったら、軒下《のきした》からネットをはって、つるをからませようと思う」

と、ハルばあちゃん。

「グリーンカーテンにするの？」

「うん。梅雨《つゆ》入りする前に、すませておきたいね」

最近《さいきん》すごくじめじめするし、雨の日もふえたし、そろそろ梅雨《つゆ》かあ。

「花壇《かだん》やプランターの花も、ハーブたちも、むれて病気にならないように、切り戻《もど》しをしておかないとね」

ハルばあちゃんはいった。

「植物も病気になるの？」

「もちろん。生き物だから当然《とうぜん》」

「切り戻《もど》しってなに？」

質問《しつもん》ばかりのわたしに、ハルばあちゃんは剪定《せんてい》バサミを手わたした。ひまりにも。

そして、花壇《かだん》の、わっさわさにしげったラベンダーを、ばっさり切り落とした。

「えっ」

「こんなふうに、大胆《だいたん》に短く切ってほしい。ラベンダーは特《とく》に、蒸《む》れに弱いから、風通しよくしておかないと」

「それが『切り戻《もど》し』？　でも、丸坊主《まるぼうず》になっちゃうよ」

「だいじょうぶ、また生えてくるから」

ハルばあちゃんはにっと笑《わら》う。

「ほかの花も短く切り戻《もど》しておいてね。ローズマリーの枝《えだ》も短く刈《か》っておいて。自分たちの寄《よ》せ植えもだよ」

そういいのこして、ハルばあちゃんは家事をしに、家の中にもどった。

ひまりはさっそく、ハーブ花壇《かだん》の前にしゃがんで、ラベンダーやミントを切り始めた。

「いいにおい」

「ほんとだ」

「なんか、むしゃくしゃしてたから、こういう作業、ちょうどよかった」

ひまりは苦笑《くしょう》する。

むしゃくしゃ……。さっきの、安達《あだち》くんたちのことかな。

「切ったあとのお花たち、もったいないね」

と、ひまり。

「もらって帰れるんじゃない？　ハルばあちゃんにいってみなよ」

「そうする！」

ひまりの目がかがやいた。

「ラベンダーは乾燥《かんそう》させてポプリにしたり、ミントはお茶にしたり、ローズマリーもリースにしたらおしゃれじゃない？」

「ポプリ？　リース？　すごい」

わたし、思いつきもしないよ。

「ひまり、ほんとに好《す》きなんだね。将来《しょうらい》はお花屋さんとかになればいいのに」

お花屋さんっていうか、植物に関《かん》する仕事。わたしは「お花屋さん」しか思いつかないからそんなふうにいったけど。

「そうだね……。なれればいいけど。あたしが花屋とか、安達《あだち》たちには笑《わら》われるだろうな」

ひまりは切り戻《もど》したハーブの枝《えだ》をたばねながら、苦笑《くしょう》した。

「似合《にあ》わなすぎるっていわれそう。あいつら、あたしをやりこめる材料《ざいりょう》、さがしてるから」

「そんなの、気にすることないよ！」

「ありがと。でもさ」

ひまりは小さく息をついて、わたしの目を見た。

「すみれはいいかえせてすごいって、強いっていってくれたけど、ほんとにあたし、強くなんてないんだよ。けっこう、いろんなこと……、人にどう思われるかとか、見た目のこととか……。気にしてる」

どきっとした。

見た目のこととか、っていう単語《たんご》が、胸《むね》にどんっと落ちてきて。

どうしてひまりが？　見た目も性格《せいかく》も、わたしの理想、そのものなのに。

「お花が好《す》きだってことも、さ」

ひまりはため息まじりに切りだした。

「小学校低学年《ていがくねん》のとき、親戚《しんせき》のお兄ちゃんの結婚式《けっこんしき》にでたのね。で、テーブルのフラワーアレンジメントがきれいで。式が終わったあと、お花は自由にもち帰っていいよっていわれて」

ひまりの目は、どこか遠いところをぼんやり見つめている。

「うん……」

小さくうなずいて、わたしは、続《つづ》きの言葉をうながした。

「お嫁《よめ》さんのまねをして、白いばらを、自分の髪《かみ》にさしたんだ。そしたらね」

ひまりは、ふふっ、と小さく口のはしをあげた。

「すぐそばにいた、同じ年ぐらいの男の子に、『似合《にあ》わねー』って笑《わら》われたんだ」

「えっ」

「知らない子だったんだけどさ。たぶん、お嫁《よめ》さんの親戚《しんせき》の子。あたし、いいかえして、けんかになっちゃって。最終的《さいしゅうてき》にその子のこと、泣《な》かしちゃった」

「えっ……」

「泣《な》かせるのはやりすぎだよね。事情《じじょう》知らないお父さんとお母さんにすっごく怒《おこ》られて。髪《かみ》にさしてたばらの花も、いつのまにか床《ゆか》に落ちて、あたし、ふんじゃったみたいで。めちゃくちゃになっちゃってた」

ひまりは、ふうっと、ゆっくり息をすいこんで、そしてはいた。

「なんか、それから、お花が好《す》きって、堂々《どうどう》といえないっていうかさ。似合《にあ》わないっていわれたのもあるけど……。あのときのかわいそうなばらの花のこと、思い出しちゃって。いいかえすのに夢中《むちゅう》になってお花をふんじゃうようなあたしが、お花好《す》きっていったらダメだなー、みたいな」

そっか。それでひまりは……。

前、「キャラじゃない」とか、「めんどくさい」とか、そんなふうにいってたけど。ずっと、昔のことが引っかかってたんだね。

「そんなささいな出来事、引きずってんの？　って感じだよね」

ひまりはいうけれど。

「ささいな出来事なんかじゃないよ。それに」

わたしは首を横にふった。

「ひまりは、やさしいんだね」

「なんでよ？　逆《ぎゃく》じゃない？」

「ううん。やさしい。ほんとにお花が好《す》きだから、ばらの花をふんじゃったこと、ずっと忘《わす》れられないんだよ」

「そうかな？」

「そうだよ」

強くいいきると、ひまりは、ふっ、と、やわらかい笑《え》みをこぼした。

そして、

「さ！」

ぱんっと自分の両手を合わせた。

「プランターのお花、刈《か》りにいこ？」

「刈《か》りに、って。羊の毛みたい」

つっこむと、ひまりはからからと笑《わら》う。

その笑顔《えがお》が、ひまりがハルばあちゃんちにくるようになってから、一番、すっきりと晴れやかに見えるのは、わたしの気のせいかな？

ハナミズキの木の下に置《お》いた花台の近くに歩いていく。

わたしたちがつくったよせ植えは、しっかり育っている。ちゃんと根をはっているんだ。

「せっかくつぼみがたくさんついてるのに、切っちゃうのもったいないね」

「でも、切ったところから枝《えだ》わかれして、結果的《けっかてき》に、もっと花が増《ふ》えるみたいだよ」

と、ひまり。

「調べたんだ」

「へえ……」

たくさんのお花を咲《さ》かせるために、あえて今はきびしくする、みたいな？

お花たちの切り戻《もど》しをすませて、（たのまれてないけど）花壇《かだん》の草むしりをしていると、にわかに空がかげってきた。

「雨、降《ふ》るのかな」

「かもね」

と、ひまりはこたえて、よっ、と立ち上がった。わたしも腰《こし》をあげる。

「あっ」

急に、ひまりが声をあげた。

「えっ。なに？」

「あじさい、咲《さ》いてる」

ひまりはハナミズキの木のそばの、大きなあじさいの株《かぶ》のもとにかけよった。わたしもついていく。

青と紫《むらさき》が入りまじったような、あわいやさしい色の花。

「すみれに拾われて、はじめてここにきたときは、まだ小さいつぼみだったなあ」

しみじみと、ひまりがつぶやく。

「拾われて、って」

苦笑《くしょう》すると、ひまりは「だってそうじゃん」とこたえる。

ふたりで、しばらく、咲《さ》いたばかりのあじさいの花を見つめていた。

ひまりの顔が、わたしの顔のすぐそばにあって、なんだかそわそわしてしまう。

ひまりを「拾って」ここにつれてきたときは、まさか、毎日ここでいっしょにすごして、こんなに近いきょりで同じ花を見つめることになるなんて思ってなかった。

「そういえば……」

ふいに、わたしは思い出した。

「ひまり、わたしになにか、いいかけたよね。今日のプールの授業《じゅぎょう》のあと」

気になってたんだ。会話が中途半端《ちゅうとはんぱ》なところでとぎれてしまったから。

「ああ……」

ひまりはあじさいから、わたしに視線《しせん》をうつす。

「授業《じゅぎょう》のとき、すみれ、本気だしてなかったよね、って」

「えっ」

「軽ーく、適当《てきとう》に泳いでるみたいに見えたから」

「べ、べつに、その……」

なんでわかるの？　わずかに目をそらしたわたしに、ひまりは、

「あっ。べつに責《せ》めてるわけじゃないよ？　あたしも授業《じゅぎょう》中よくぼんやりしてるし、つねに全力投球しなきゃいけないなんて思ってないから」

と、あわててフォローした。一拍《いっぱく》間を置いて、「ただ」と続《つづ》ける。

「ただ……？」

「すみれが全力で泳ぐとこ、見てみたいなーって、思っただけ。ただ、それだけ……」

ひまりの声は、だんだん小さくなっていった。ちょっと申し訳《わけ》なさそうに、わたしの目を見つめている。

「泳ぐこと自体、ひさしぶりだったから」

わたしは、まるでこたえになってないこたえを返した。

今日は目立ちたくないっていう思いでいっぱいいっぱいだったけど、そもそも全力で泳いだと

ころで、たいしたことないんじゃないかな。

スイミングスクールをやめてから一年以上《いじょう》たってるし、体力も落ちてるはず。

「おばあちゃんが、すみれは昔、泳ぐのが好《す》きだったたっていってたけど」

ひまりが、あじさいの葉っぱのふちを指でなぞる。

「昔は、ね」

小さく、つぶやくようにこたえた。

視界《しかい》の中で、あじさいの青がゆれる。

「きらいになっちゃったから、やめたの？」

「ううん」

わたしは首を横にふった。

「ちょっと……いろいろあって」

わたし、いおうか、どうしようか、迷《まよ》っている。わたしがスクールをやめた理由。

思い出すのも、自分で口にするのもはずかしい。だけど。

ひまりは話してくれた。昔のこと。ずっと引きずってる、って……。

わたしだけじゃないんだ、って思った。

だから、わたしは。

「水着になるのが、いやになった」

思いきって、つげた。

「ふつうの、水着だよね？」

「うん。スクール指定のやつ。わたし、五年生ごろから、なんていうか、ちょっと太ってきて」

「太ってなんかないよ？」

「えっと……。太った、は、ちょっとちがうかな。うまい言い方が見つからなくてごめん。ほかの子より成長《せいちょう》が早かった、ってこと、かな」

胸《むね》がふくらむのが早かった。体のあちこちが丸くなってきた。

毎週、水着の集団《しゅうだん》の中にいると、自分とまわりの子のちがいに、いやでも気づく。

ひまりはなんとなくわたしのいいたいことがわかったみたいで、小さくうなずいてくれた。

「いやだな、体を見られたくないな、って思ってたの。それでも泳ぐのは好《す》きだったからスクールには通ってた」

だけど、と、わたしは続《つづ》ける。

「同じコースで練習してた、ほかの学校の男子たちが、わたしのこと、いろいろいってるのに気づいちゃって」

ひまりが息をのむのがわかった。

いろいろ、って。具体的《ぐたいてき》にどんなことなのか、たぶん、察《さっ》してくれたんだと思う。

「それから、わたし、人の目が気になっちゃって、スクールにいけなくなった。あの子たちだけじゃなくって、ほかの子も、女子たちも、なんならコーチとか、見学にきてる保護者《ほごしゃ》とかにも、いろいろいわれてるんじゃないかって」

冷静《れいせい》に考えたら、そんなわけないんだけどね。

わたしはそう続《つづ》けて、小さく笑《わら》った。

でも、冷静《れいせい》になんて考えられないよ。みんなわたしのことを見てるにきまってる。

「わたし……。自分の体が気持ち悪いの」

あの子たちにいろいろいわれたから、だけじゃない。

はじめて生理がきたときも、逃《に》げだしたかった。

生理のことは、前もって授業《じゅぎょう》で習っていた。だから、そのしくみは、頭ではわかっていた。

わたしの意志《いし》に関係《かんけい》なく、着々《ちゃくちゃく》と、「おとなの女性《じょせい》の体」になる準備《じゅんび》が進んでるんだって思った。思ったとたん、気持ち悪くなった。

逃《に》げたい。でも、どこに？　どうやって、自分の体から逃《に》げるの？

魂《たましい》だけになってふわふわとんでく？　無理《むり》だよ、そんなの。

「水着になると、いやでも目に入るから。自分の体のいやなとこ、全部」

いっそ男の子に生まれてたらよかったのに。

それとも、男の子の中にも、自分の体がいやだって思ってる子もいるのかな。

「わたし……。いらない。こんな、体」

空気がじっとりとしめっている。空にかかった雲は、いっそう厚《あつ》みをました。

「ごめんね、ひまり。こんな話しちゃって。雨が降《ふ》るかもしれないから、今日は早めに帰ったほうがいいかも」

わたしは明るい声をだした。

わたしのせいで重くなった空気を変《か》えたい。

でも、ひまりは。

「あたしもいらない。……自分の体」

そう、いったんだ。

まっすぐに、わたしの目を見て。

10 ひまりの気持ち

いらない？

ひまりが？　自分の体を？

「きらい……なの？」

背《せ》が高くて。すらっとしてて。肌《はだ》もすきとおるように白くて。いつも凛《りん》と胸《むね》をはっている。

かっこよくて、わたしの「理想」そのものなのに。

でも、ひまりは、こくりとうなずいたんだ。

そして、ゆっくりと右手でピースサインをつくる。

「あたしが引きずってること、その二。ごぼう」

「え？」

いきなり、なにをいってるんだろう。その手は、ピースじゃなくって、「二」ってこと？

とまどうわたしに、ひまりは、

「昔、親戚《しんせき》のおじさんにいわれた」

と、はきすてるようにいった。

「え……？」

「ひょろひょろしてごぼうみたいだって。あたしがきらいな食べ物をのこしてるの見て、そういったんだよ。好《す》ききらいばっかりしてるから太らないんだ、って。ばっかじゃない？」

ひまりの目は、あじさいの花を通りぬけて、その向こうのなにかを、ぎゅっと、にらみつけている。

「セクハラっていってやったら、生意気だって怒《おこ》られた。お母さんにも、おじさんになにいうの、って怒《おこ》られた。人の見た目のこといろいろいうやつのほうがおかしいのに、なんであたしが怒《おこ》られんの？」

「そう、だね」

かすれた声で、あいづちをうつ。

ただただ、わたしはびっくりしていた。そんなひどいことを、よりにもよって、身近なおとなにいわれていたなんて。

「むちゃくちゃむかついた。だって、……あたしがずっと気にしてたことだったから」

「ひまり……」

ひまりは小さく笑《わら》った。

「偏食《へんしょく》がひどいから太れないのかなって、自分でも思ってた。でも、それにしてはおかしいんだよね。だって、縦《たて》にはのびるんだよ？　もういいっつってんのに、ひょろひょろ、上にばっかりのびてく」

ひまりは自分の頭のてっぺんに、自分の手のひらを置《お》いた。

「信《しん》じられないことに、まだのびてる」

「え」

「引くよね」

「引かないよ！」

わたしは首を横にぶんぶんふった。引くわけない。

ひまりが、自分の体のことがきらいでも、わたしにとってひまりはあこがれ。

だけど、そんな気持ち、どんなふうに伝《つた》えたらいいかわからない。

「わたしは……」

しぼりだした声はかぼそい。

「わたしは、ひまりのこと、好《す》きだよ。見た目も、中身も」

ようやっと、そうつげた。

ひまりの大きな瞳《ひとみ》が、ますます大きく、見開かれていく。

「すみれ」

「ご、ごめん！　わたし、なにいってるんだろ」

猛烈《もうれつ》にはずかしくなって、うわずった声をあげてしまった。

「ほんと、なにいってんの」

ひまりがわたしの肩《かた》を、ぽんとたたいた。

「ありがと」

ひまりはてれくさそうな笑《え》みをうかべている。

「それに、ね」

もう、このさいだから、感じたこと、全部いってしまおう。

「すごいって思った。ひまりは、ちゃんと怒《おこ》れるから」

「え？」

ひまりはけげんそうに眉《まゆ》をよせる。

「おじさんに、ちゃんと怒《おこ》って、いいかえせるんだもん。結婚式《けっこんしき》の男の子に対しても、そう。わたしは……、怒《おこ》れないから。どうみても向こうのほうが悪いってわかってても、自分が悪いって思っちゃって、すぐにもぐって消えたくなるんだ」

「すみれ。……あたしは」

ひまりがなにかいいかけた瞬間《しゅんかん》、すうっと、つめたい風が吹《ふ》いた。

「あ」

ぽつりと、ほおに、水のつぶが落ちる。

「降《ふ》ってきた！」

わたしたちは、いちもくさんに、家の中にもどった。


「予報《よほう》では、今日は降《ふ》らないっていってたのに……」

洗濯物《せんたくもの》をたたみながら、ハルばあちゃんがぶつぶつ文句《もんく》をいっている。

いつもの六畳間《ろくじょうま》の、はきだし窓《まど》の外をぼんやりながめる。雨はあっというまに勢《いきお》いをまして、庭木や、切りもどしてすっきりしたハーブ花壇《かだん》、鉢植《はちう》えやプランターをぬらしていく。

「枝《えだ》の切り口が雨に当たると、あんまりよくないんだけどね」

ハルばあちゃんはためいきをついた。

「なんで？」

「病気が入ることがあるからだよ。野菜《やさい》のわき芽《め》かきや剪定《せんてい》も、晴れた日にやるのがいいんだよ」

「なるほど」

「まあ、降《ふ》ってきたものはしょうがないね」

たたんだ洗濯物《せんたくもの》をかかえて、ハルばあちゃんは、いったん六畳間《ろくじょうま》からでていった。

「ひまり、今日、かさもってきてる？」

窓《まど》のそばに体育座《たいいくずわ》りしているひまりの横に、すすっとにじりよった。

ひまりは首を横にふる。

「もってない」

「じゃあ、ハルばあちゃんに借《か》りていきなよ」

「ん」

「荷物多くなって大変《たいへん》だね。家、遠いのに」

ハルばあちゃんが、つんだハーブやお花をまとめてブーケにしてくれた。ひまり、全部もって帰るって。

「そんな遠くないって」

ひまりは苦笑《くしょう》する。

土に落ちる雨の音がする。咲《さ》いたばかりのあじさいも、雨の粒《つぶ》をまとっているんだろうな。

「すみれ」

「ん？」

「イヤかもしれないけどさ。あたし、やっぱり、すみれの本気の泳ぎ、見てみたい」

「ええ？　本気だしたところで、たいしたことないよ」

ひまりは首を横にふった。

「すごい泳ぎが見たいとか、そういうことじゃなくってさ。すみれが……、一生懸命《いっしょうけんめい》、楽しそうになにかをしてるとこ、見たいって感じ、かな？」

「うーん……」

一生懸命《いっしょうけんめい》、か。いわれてみれば、スクールをやめてから、なにかに夢中《むちゅう》で時間を忘《わす》れる、みたいなこと、ないなあ。

「あ。でも、ガーデニング部は楽しい。正直、ちょっと前までは、お花にそんなに興味《きょうみ》なかったんだけど。今は、野菜《やさい》も自分のよせ植えも、かわいい」

「あたしが前のめりだから、つきあってくれてるんだって思ってた」

「最初《さいしょ》はそうだったけど……、ひまりがほんとに楽しそうだから、わたしもつられて楽しくなっちゃったっていうか。楽しそうなひまりを見ていることじたいが、楽しいっていうか」

「なるほどね」

ひまりは、にかっと笑《わら》った。

「じゃあさ。夏休みになったら、いっしょに市民《しみん》プールいこうよ」

「え？　なんでそうなるの？」

「あたしも、楽しそうなすみれを見て、つられて楽しくなりたい」

「ええ……？」

「泳ぐことは、好《す》きなんでしょ？」

ひまりは、まっすぐにわたしの目を見つめてくる。

好《す》き？　……泳ぐことが？

とくとくと鼓動《こどう》が速くなる。わかんない。昔は大好《だいす》きだった。でも。はずかしさと、いやな記《き》憶《おく》が、「泳ぐこと」と結《むす》びついてしまって、はなれないんだ。

こたえられないわたしに、ひまりは、

「へんなこといってくるやつがいたら、あたしが怒《おこ》るよ」

と、いった。

「へ？」

「すみれ、自分は怒《おこ》れない、自分が悪いんだって思っちゃうっていったじゃん。だったらあたしがかわりに怒《おこ》るよ。あたし、すぐにカッとなっちゃうし、思ったこと、なんでもずばっといっちゃうから、あとでいいすぎたなって後悔《こうかい》するんだよね」

ひまりは苦笑《くしょう》した。

「ひまり……」

「どうする？　いく？　いかない？」

「い。……いく」

考えるより先に、わたしはそうこたえてしまっていた。

夏休みになったら。

ひまりといっしょに、プールで泳ぐ。

水しぶきをあげてはしゃいでいる、ひまりと、わたし。

想像《そうぞう》したら、悪くない気がした。

楽しいかもしれないって、ちょっとだけ、思ったんだ。

11 梅雨《つゆ》入りと、迷《まよ》う心

それから数日、雨が降《ふ》ったり晴れたり、不安定《ふあんてい》な天気が続《つづ》いて。

ついには、毎日雨が降《ふ》り続《つづ》くようになって。

今朝《けさ》、気象庁《きしょうちょう》が梅雨入《つゆい》り宣言《せんげん》をした。

「だるい……」

真奈《まな》は元気がない。低気圧《ていきあつ》だと調子が悪いんだって。

「頭痛《いた》い。保健室《ほけんしつ》いってくる」

「だいじょうぶ？　いっしょにいこうか？」

「ありがと。でも、ひとりでいけるよ。ちょっと横になったらましになると思う」

そしたらもどってくるよと、真奈《まな》は保健室《ほけんしつ》にいってしまった。

真奈《まな》も大変《たいへん》だなあ。早く梅雨《つゆ》があけるといいのに。って、今朝《けさ》梅雨《つゆ》入りしたばっかりだけど。

次の授業《じゅぎょう》は、理科。理科室にいかなくちゃいけない。

真奈《まな》がいないから、わたしはひとりで教室をでる。

わたしが歩いている、一メートルぐらい先に、男子の群《む》れがいる。なんとなくきょりをつめたくなくて、スピードをあげずにとぼとぼと歩いた。

すると、真横を、たたっと、だれかが通りすぎた。

「……あ」

秋斗《あきと》くん、だ。

秋斗《あきと》くんはわたしをおいこすと、急にぴたっととまって、ふり返った。

「永野《ながの》」

「な、なに？」

学校では苗字《みょうじ》で呼《よ》ぶんだ。

「この間の話、考えてくれたか？」

「この間の話、って……」

とまどっていると、秋斗《あきと》くんは、腕《うで》をうごかしてクロールのジェスチャーをした。

「あ。ああ……」

水泳部に入らないか、って話？

わたしたちは、自然《しぜん》に、ならんで歩き始めた。

「雨の日とか、練習どうしてるの？」

雨で水温が低《ひく》いと、プールがつかえない。最近《さいきん》、水泳の授業《じゅぎょう》も中止になって、ほかの内容《ないよう》に変《か》わることが多い。

「陸《りく》トレとか、ほかの施設《しせつ》借りたりとか」

「へえ……。大変《たいへん》だね」

「一度、見学にこねーか？　晴れた日に」

「え」

こたえにつまってしまう。ふだん、たいして口もきかないのに、こんなに前のめりでさそってくるのはどうしてなんだろう。

「秋斗《あきと》くん、一年生を勧誘《かんゆう》するようにって、先輩《せんぱい》にいわれてるの？」

「まあ、そんなとこ。部員ふやしたいらしくって。それで永野《ながの》のこと思い出した。けっこう泳げるのにもったいないなって思ってたし」

秋斗《あきと》くんは自分の頭のうしろの髪《かみ》を、わしっとかきまぜた。

わたしから、わずかに目をそらす。

「なんでやめたのか、ずっと気になってた。あんなに夢中《むちゅう》だったのに。……だから」

「……ん」

わたしは、理科の教科書やノートを、ぎゅっと胸《むね》にかかえた。

さすがに、秋斗《あきと》くんには、いえるわけない。……でも。

「ありがとう。……考えてみる」

わたしの声は、かぼそくて、消え入りそうに小さかった。

だけど秋斗《あきと》くんはききのがさなかったみたいで。

「さんきゅ、助かる。じゃ、見学こいよ？　あとさ、だれでもいいから水泳に興味《きょうみ》あるやつさそってくれたらうれしい」

「え、えっと」

どうしよう。わたし、なんで「考えてみる」なんていっちゃったんだろう。すぐさま断《ことわ》ればよかったのに。だって、うちの学校の水泳部ってたしか、授業《じゅぎょう》とはちがって、男女混合《こんごう》で練習してるはず……。ぐるぐる考えていると、

「秋斗《あきと》っ！」

背後《はいご》から、男子たちの声がした。

いつも秋斗《あきと》くんといっしょに行動してるグループの子たちじゃない。でも、秋斗《あきと》くんはクラスの男子みんなと、それなりに仲《なか》がいい。簡単《かんたん》にグループの垣根《かきね》をこえてじゃれあったりふざけた

りする。

秋斗《あきと》くんは、わたしからぱっとはなれると、声をかけてきた子たちのほうへかけていった。

見学のこと、ちゃんと断《ことわ》れなかった。

水泳部の先輩《せんぱい》たち、新入部員をたくさん入れたがってるんだよね？

うっかり見学なんてしちゃったら、おしきられてそのまま入部、みたいな展開《てんかい》にならない？

わたし、うまく断《ことわ》る自信《じしん》なんてない……。


「っていうか、なんで断《ことわ》る前提《ぜんてい》なの？」

ひまりが首をかしげた。

今日は雨で庭仕事ができないから、ハルばあちゃんちの六畳間《ろくじょうま》で、ふたりで宿題をしている。

とはいえおしゃべりばっかりで、ぜんぜん進んでない。

わたしはひまりに、秋斗《あきと》くんに水泳部の見学にさそわれた話をしていた。

「断《ことわ》るよ。だって、水泳部って男女混合《こんごう》で練習してるんだもん」

一番のネックは、やっぱりそこだ。

「みんな、自分の練習に一生懸命《いっしょうけんめい》で、人のことは気にしないんじゃない？　泳ぎが好《す》きな人が集まってるんなら、なおさら」

「そうかもしれないけど……」

ひまりがいうことはもっともだ。たぶん正しい。

でも、なにかがわたしの気持ちにブレーキをかけるの。

ひまりといっしょに市民《しみん》プールにいくのは、楽しそうだって思えたのにな。

はきだし窓《まど》の外に、目を泳がせる。

はられたばかりのゴーヤのネットが、雨にぬれている。

ゴーヤの苗《なえ》は、植えたときより大きくなったとはいえ、まだまだ小さい。先端《せんたん》のつるが、つかまるところをさがして、そばにあるネットに、自然《しぜん》にからまっていくんだって。

わたしがだまりこんでしまったから、ひまりはそれ以上《いじょう》水泳部の見学の話はせず、宿題のテキストをときはじめた。

わたしもテキストに視線《しせん》を落とす。……と。

ふすまがあいて、ハルばあちゃんが入ってきた。

「あらっ。ほんとにまじめに勉強してる」

「おどろくようなことじゃないでしょ？」

いい返すと、ハルばあちゃんは、

「ごめんごめん。集中できないようなら、ちょっとお手伝《てつだ》いたのもうかなって思ってたから」

といった。

「お手伝《てつだ》いってなんですか？」

すかさずひまりがききかえす。

「今年のしそジュースをつくろうかと思って」

「ええっ！」

ひまりの目がきらんとかがやいた。

そうくると思った！

「やりたい！　お手伝《てつだ》い！」

「でも、せっかく宿題を」

「いいんです、家でやるから。ねっ、すみれ」

「うん」

やっぱり、楽しそうなひまりを見ていると、わたしも楽しい。

ちょっとだけ沈《しず》んでいた気持ちが、ひっぱられてあがっていくんだ。

台所にいくと、ダイニングテーブルの上に、花束《はなたば》みたいにたばねられた赤しその枝《えだ》が置《お》いてあった。

「葉っぱしかつかわないから、ふたりで、枝《えだ》から葉をつみとってくれる？」

「はーい」

手を洗《あら》ったあと、ひまりといっしょに葉っぱをつんでざるに入れていく。

「すごい、山盛《やまも》り」

「ふたりでやると早いね」

いいあっていると、ハルばあちゃんが葉っぱの山を流水で丁寧《ていねい》に洗《あら》った。

次は、大きな鍋《なべ》にたっぷりの水を入れて、火にかける。

「沸騰《ふっとう》してから葉っぱを入れるよ」

と、ハルばあちゃん。やがてお湯がわいた。

「葉っぱ、鍋《なべ》に入れてみる？」

「はいっ」

ひまりが勢《いきお》いよく返事をする。

「やけどしないように気をつけて」

「はいっ」

とはいえ、しその葉っぱは大量《たいりょう》にある。とてもじゃないけど一度には入りきらないから、数回にわけて、箸《はし》でおしこむようにして、鍋《なべ》に葉っぱを入れた。

「このまましばらくにこむよ」

ハルばあちゃんがつげる。

こくりとうなずいて、ふたりで鍋《なべ》の中をのぞきこんだ。湯気が熱《あつ》い。

鍋《なべ》のお湯は黒っぽくなっていて、おどろおどろしい。

「ほんとにあのジュースになるの？」

ひまりが初《はじ》めてきたときに飲んだジュースは、もっときれいな赤紫色《あかむらさきいろ》だった。

「今のところ、魔女《まじょ》がせんじているあやしい薬みたいなんだけど」

そういうと、ハルばあちゃんはからから笑《わら》った。

「たしかに！　でもだいじょうぶ。あとで魔法《まほう》をかけるから」

「魔法《まほう》」

わたしとひまりは顔を見合わせた。ハルばあちゃん、なにいってるんだろう。

12 魔《ま》法《ほう》をかけて

数分、しその葉っぱをにこんだあと。

「そろそろいいかな」

と、ハルばあちゃんは火をとめた。

大きなボウルに、ざるをかさねて、鍋《なべ》の煮汁《にじる》を入れて、こした。

もくもくと湯気につつまれる。

「もったいないからね、よーくエキスをしぼりとらないと」

ハルばあちゃんは、ざるの上にのこったしその葉っぱを、ゴムべらでぎゅーっとおして、汁《しる》をしぼりだしている。

煮汁《にじる》はまだ赤黒い。いつ魔《ま》法《ほう》とやらはかかるんだろう。

ハルばあちゃんは、こしたあとの煮汁《にじる》を、もう一度鍋《なべ》にうつした。

「ひまりちゃん、そこの砂《さ》糖《とう》、鍋《なべ》に入れてくれる？」

「砂《さ》糖《とう》？　って、まさかこれですか？」

お砂《さ》糖《とう》がたっぷり入ったボウルが、テーブルのすみに置《お》いてある。

「こんなに？」

「砂糖《さとう》をたくさん入れないと、保存《ほぞん》がきかないからね。飲むときは、水や炭酸水《たんさんすい》でわるから好《この》みの甘《あま》さにできるよ」

「なるほど」

わって飲むための原液《げんえき》？　シロップ？　をつくってるんだ。

「えいやっ」

ひまりが、一気に砂糖《さとう》を入れた。ハルばあちゃんがコンロの火をつけ、つまみをまわして弱火にした。

「次は弱火でことことこと？」

「ことこと、っていうほどにこまないけどね。砂糖《さとう》がとけたらもう火はとめるよ」

「おばあちゃん、もうとけたっぽくない？」

ひまりがおたまで鍋《なべ》をかきまぜる。

「おや、ほんとだ。じゃあいったん終了《しゅうりょう》」

かちっと、ハルばあちゃんは火を止めた。

「これで終わり？　えっ？　魔法《まほう》は？」

ちっともおいしそうな色じゃないよ？

「タイミングがきたら呼《よ》ぶから、それまでふたりは宿題の続《つづ》きをやっておきなさい」

「えーっ」

わたしが不満《ふまん》の声をあげると、

「しょうがない。やるか」

ひまりはぐるぐると自分の肩《かた》をまわした。

湿気《しっけ》がこもる六畳間《ろくじょうま》、年季《ねんき》の入った扇風機《せんぷうき》がぶうんと音をたててまわっている。

ローテーブルに向かいあわせで座《すわ》り、開きっぱなしで放置《ほうち》されていたテキストを、ふたたびときはじめた。

ふたり、だまりこんで、もくもくとシャープペンシルをうごかす。

あともう少しで終わる、というところで。

「……すみれ」

ふいに、ひまりが顔をあげた。

「ん？」

「水泳部の、ことだけど」

ひまりがいいかけた、そのタイミングで。

「時はきた。ふたりとも、おいで」

引き戸があいて、ハルばあちゃんがわたしたちを手まねきした。

三人で、しそジュースの鍋《なべ》をのぞきこむ。

「粗熱《あらねつ》がとれたから、もういいだろう」

と、ハルばあちゃん。そうか、冷《さ》めるのをまってたんだ。

ハルばあちゃんの手には、なぞの小瓶《こびん》がある。白い粉《こな》が入っている。

小さじを瓶《びん》の中に入れて中の粉《こな》をすくうと、ハルばあちゃんは、おもむろに鍋《なべ》の中に入れた。

「えっ」

「わあっ」

思わず目を見はった。赤黒かった液体《えきたい》が、さあっと、あざやかな赤紫色《あかむらさきいろ》に変《か》わったんだ
……！

「あと、小さじ一ぱい」

ふたたび粉《こな》がふり入れられる。鍋《なべ》の中にあるのは、ルビーみたいにつややかな、うつくしい水。

「それ、なに？　へんな薬じゃないよね？」

あやしすぎる！

ハルばあちゃんはくすくす笑《わら》った。

「魔女《まじょ》と契約《けいやく》して手に入れた秘薬《ひやく》……っていいたいとこだけど、これはたんなるクエン酸《さん》だよ」

「くえんさん？」

「知ってる。疲労回復《ひろうかいふく》にいいやつ」

と、ひまり。

「そう。すっぱーいやつだよ。クエン酸《さん》がなければ、お酢《す》でもいいよ」

ハルばあちゃんはうなずいた。

「酸《さん》が入るだけで、こんなに色が変《か》わるの？」

理科の実験《じっけん》でつかったリトマス紙みたい。

「ほんとにこの世はふしぎだねえ。黒っぽい煮汁《にじる》は一瞬《いっしゅん》できれいな赤紫色《あかむらさきいろ》になるし、おたまじゃくしはカエルになるし、青虫はさなぎになって蝶《ちょう》になる」

ハルばあちゃんはしみじみとつぶやいた。

「あたし、カエルも青虫も、ちょっと……」

ひまりが引いている。

ひまり、実は虫が大の苦手。草むしりしてるときも、虫に遭遇《そうぐう》すると、ものすごい悲鳴をあげるんだ。

「あんたたちもさなぎみたいなものじゃない。これから変身《へんしん》して羽ばたいてく」

ハルばあちゃんはそういうと、はあ〜っ、とためいきをついて、

「それにひきかえわたしはもう、老《お》いていくばかりだよ」

と、自分の肩《かた》をおおげさにとんとんたたいた。

「おばあちゃん、そんなこといわないで」

「ひまり、まじめにはげまさなくていいから。ハルばあちゃん、ときどきこういう自虐《じぎゃく》ギャグいうんだよ。おもしろくないけど」

こっそりささやく。

「すみれ！　きこえてるよ！」

ハルばあちゃんはわたしをひとにらみすると、氷を入れたグラスふたつに、できあがったばかりのしそジュースをそそいで、さらに炭酸水《たんさんすい》をそそいでまぜた。

「きれい……」

しゅわしゅわとこまかい泡《あわ》がたちのぼっている。

飲んでみると、甘《あま》くて、ちゃんと酸《す》っぱい。しその味、だ！

「やっぱりこれ、大好《だいす》き」

ひまりがうっとりとつぶやく。

「完全《かんぜん》に冷《さ》めたら、瓶《びん》につめてあげるから、明日、もって帰りなさいね」

と、ハルばあちゃんも目をほそめる。

「いいんですか？　ありがとうございます！」

ひまりははずんだ声をあげた。


そうこうしているうちに、もう五時半になった。

「そろそろ帰らなきゃ。ちょうど雨もやんだし」

と、ひまり。

「わたしもいっしょに帰る」

あわただしく、荷物を片《かた》づける。

玄関《げんかん》の扉《とびら》をあけると、雨上がりの光が、庭にさしこんでいる。庭木やお花たちがまとった水のつぶに光が反射《はんしゃ》して、きらめいている。

「きれい……」

今日は、きれいなものをたくさん見た。

一瞬《いっしゅん》で変身《へんしん》したしそジュースとか。雨があがってきらめく庭とか。

世界がこういう、きれいなものだけでできていたらいいのに。

おたまじゃくしはカエルになって、青虫はさなぎになって蝶《ちょう》になる、……かあ。

ハルばあちゃんは、わたしたちもさなぎみたいなものだっていったけど。青虫も、ほんとはいやじゃないのかな。蝶《ちょう》になるの。

そりゃ人間から見たら、青虫の姿《すがた》より蝶《ちょう》の姿《すがた》のほうが、きれいで立派《りっぱ》に思えるけど。でも、自分の体があんなにまるっきり別物《べつもの》に変《か》わってしまうんだよ？

ほんとに、これ、自分？　って、わけわかんなくなりそう。

ひまりは、あじさいをスマホでとっている。

わたしもそばによった。

「そんなに何枚《なんまい》もとるの？」

「なかなかうまくとれなくて。目の前のお花はきらきらまぶしいのに、写真にとると、あれ？みたいな」

「むずかしいね」

「うん」

ネックレスみたいに水滴《すいてき》をまとったあじさいの花に、スマホを近づけたり遠ざけたりして、ひまりは納得《なっとく》のいく構図《こうず》をさがしている。

わたしはそんなひまりの真剣《しんけん》な表情《ひょうじょう》を見ているのが楽しい。

パシャッ、とシャッター音がひびく。

「よし。これぐらいで勘弁《かんべん》してやるか」

ひまりは満足《まんぞく》げにうなずくと、スマホをバッグにしまった。

「ごめん、すみれ。またせたね」

「ううん。あとでわたしにも写真送って」

「もちろん」

ふたりで、ハルばあちゃんの庭をでる。初夏《しょか》の日は長くて、五時半でも、まだまだ空は明るい。

軽くなった雲が、ゆったりと空を横ぎっていく。

見上げながら歩いていると、

「水泳部の見学、あたしもいくよ」

ふいに、ひまりがいった。

「え？」

思わず足を止める。ひまりも立ち止まった。

「すみれが、もし入部したくないって思って、それでも無理《むり》に勧誘《かんゆう》されるようだったら、あたしがバシっと断《ことわ》ってあげる」

ひまり……。

「それなら安心して見学にいけるっしょ？」

「う、……うん」

「じゃ、きまり。梅雨《つゆ》が明けたら見学にいこう。そんで、夏休みには市民《しみん》プール」

雨上がりの光が、ひまりをてらしている。

「ひまり」

「ん？」

「どうしてひまりは、わたしの、水泳のことに……、そんなに一生懸命《いっしょうけんめい》になってくれるの？」

市民《しみん》プールにいこうってさそってくれたり、水泳部の見学にまでいっしょにいこうっていってくれたり。

するると、ひまりのまなざしが、ふっ、とやわらかくなった。

「だって、もったいないもん」

「なにが……？」

「前に、泳ぐのは好《す》きなんだよね？　ってきいたとき、すみれ、こたえられなかったじゃん」

「……うん」

「こたえられないってことは、たぶん、まだ好《す》きなんだなって思ったから」

どくんと心臓《しんぞう》がはねた。

まだ、好《す》き？　わたしが？

「好《す》きなのに、もう一度とびこむのが、こわいのかなって思った。じゃあ、いっしょにとびこむ人がいれば、ちょっとはこわくなくなるのかなって」

ひまりはてれくさそうに笑《わら》う。

もう一度、とびこむのがこわい……。

そう、なのかもしれない。

また、はずかしい想いをするのがいやで。きずつくのがいやで。

「だいじょうぶ。すみれのことは、あたしが守るから」

「ひまり……」

「なーんて。かっこつけちゃった」

ひまりはへへっと自分のほおを人差《ひとさ》し指でかいた。

「ありがとう。ひまり。わたし……」

胸《むね》の中が、じんわりと、あたたまっていく。

「わたし、いくよ。水泳部の見学」

13 きっとだれも気にしてない

次の日の、朝。

スマホのアラームが鳴る前に、わたしは目を覚《さ》ました。

こんなにすっきりと目覚《めざ》められるの、ひさしぶり。

起きあがってカーテンをあけると、雲の間から、わずかに青空がのぞいていた。

リビングにいくと、ママは朝食の準備《じゅんび》をして、パパは洗濯物《せんたくもの》を部屋ぼししていた。

「晴れそうなのに、中にほすの？」

たずねると、パパは、

「昼からまた降《ふ》るって、天気予報《よほう》でいってたよ」

と、こたえてくれた。

そっか、また降《ふ》るんだ。じゃあ、今日は水泳部の見学にいくのは無理《むり》かな。もし練習があったとしても、雨の中、屋外プールでの練習を見学するのは大変《たいへん》だし。

顔を洗《あら》いに、洗面所《せんめんじょ》へ。

明日は晴れるかな。明後日《あさって》は……どうかな。

六月下旬《げじゅん》から、期末《きまつ》テストが始まる。テストの一週間前からすべての部活動は休みに入ってしまう。その前にいけたらいいんだけど。

ひまり、いってた。わたしが、まだ、泳ぐことが好《す》きなんだ、って。

……そう、なのかな？　わかんないけど、見学にいってみて、自分の気持ちに向き合ってみるのもいいかなって思ったんだ。

ひまりがいうように、水泳が好《す》きで夢中《むちゅう》になっている子は、人の見た目のことなんてかまってられないだろうし、きっとだいじょうぶ。

鏡《かがみ》を見ると、前髪《まえがみ》が少しはねている。ヘアアイロンをおしあてるけど、なかなかいい感じにならない。格闘《かくとう》していたら、あっというまに時間はすぎて、せっかく早起きしたのに、家をでたのはいつもと同じ時間だった。

エレベーターで一階に降《お》りると、エントランスの自動ドアの向こうに、うちの中学の制服《せいふく》を着た男子が三人、いるのが見えた。

秋斗《あきと》くんの友だちだ。毎朝ここに集合して登校している。その中には、水泳部の子もいる。

わたしは反射的《はんしゃてき》にうつむいた。肩《かた》をまるめて猫背《ねこぜ》になる。

自動ドアがあくと、一気にかけぬけた。男子たちと目が合わないように、うつむいたままで。

起きたときに、わずかにのぞいていた青空は、もう雲におおわれている。

秋斗《あきと》くんの友だちに、なにかいわれたり、されたりしたわけじゃない。

なのに、なんでこんなに体がこわばっちゃうんだろう。


「どうしたの？　なんかあった？」

休み時間。真奈《まな》がわたしの肩《かた》をたたいた。

「べつに……。なんかあったように見える？」

「うん」

うなずく真奈《まな》は、いつもより顔色がいい。

「今日、調子よさそうだね」

「うん。病院でもらった薬が合ってるみたい。あーあ、天気が悪いと頭痛《ずつう》がするとか、やっかいな体質《たいしつ》でいやになるよ」

真奈《まな》は苦笑《くしょう》した。

「自分ではどうにもならないもんね」

「ん」

窓際《まどぎわ》で、目立つグループの男子たちが大きな笑《わら》い声をあげている。わたしは彼《かれ》らに視線《しせん》を向けた。

「なんか、ああいうの見ると、自分が笑《わら》われてるんじゃないかなって気になっておちつかない」

ぼそっというと、真奈《まな》は、

「ああ。ちょっとわかる」

とうなずいた。

「真奈《まな》も？」

「うん。でも、それって自意識過剰《じいしきかじょう》なんだよね。そもそもあの子たちの視界《しかい》に、自分は入ってないもん」

「そうかな？」

「うーん……」

真奈《まな》は腕組《うでぐ》みをして、しばらく言葉をさがしていたけど、

「自分に置《お》きかえて考えてみたんだよね」

と、ふたたび口を開いた。

「わたしはさ、自分のことでいっぱいいっぱいで、あんまり関《かか》わりない人たちのことまで気にし

てるよゆうないなーって。きっと、ほとんどの人がそうなんじゃないかな。中には、他人のあらさがししてなきゃ気がすまない人もいるだろうけど」

「なるほど……」

たしかに。

ひまりのことを思う。明るくて目立つタイプのひまりにだって、人知れず抱《かか》えてる悩《なや》みがあった。あの男子たちも、そうなのかも。

わたしが自分のことで精《せい》いっぱいなように、あの子たちだって、精《せい》いっぱいで。関《かか》わりのうすいわたしのことなんて気にしてる余裕《よゆう》はない。の、かも。

そう思うと、ふっと、体のこわばりが消えた。

みんな、わたしのことなんて気にしてない。他人のことなんて、気にしてない。

呪文《じゅもん》のように心の中でとなえると、ほんとうに、そうなんじゃないかなって気がしてきた。

「ありがと真奈《まな》。ちょっと元気でた」

「え？　あ、う、うん。わたし、べつになにも大したこといってないけど……」

真奈《まな》は、ふしぎそうに首をひねっている。

なにも気にすることはないんだ。

人の目なんて気にしないで、とびこんでみればいいんだ。

やっとわたしは、そう思えるようになっていた。


ぐずついた天気が続《つづ》き、すっきりと空が晴れたのは、それから三日後の、金曜日だった。

寝坊《ねぼう》して、いつもより登校するのがおそくなってしまった。

正門をつっきって、走る。超特急《ちょうとっきゅう》でくつをはきかえる。

一年生の教室は四階にある。

全速力で階段《かいだん》をかけあがっていく。ほんとはだめだけど、ろう下をダッシュ。

目の前に、ゆったりと歩いている男子生徒《せいと》の背中《せなか》がある。そばをすりぬけようとしたとき、男子がふいっと右によって、ぶつかってしまった！

「ごめんなさいっ」

体があたったはずみでよろめいたけど、おたがい、たおれずにふんばった。

「あっぶねーな。ろう下、走んなよ」

うちのクラスの岡野《おかの》くんだ。いつも遅刻《ちこく》ぎりぎりか、少しおくれてくる。今だってぜんぜん急いでる気配がない。

「ほんとにごめんなさいっ」

「いや。……いいけど、べつに」

岡野《おかの》くんはもごもごつぶやいて、わたしから目をそらした。

チャイムが鳴るのと同時に、なんとか教室にすべりこむ。

自分の席《せき》に荷物を置《お》く。肩《かた》で息をしながら片《かた》づけていると、岡野《おかの》くんと担任《たんにん》の先生が、同時に入ってきた。

わたしもいすに座《すわ》る。

岡野《おかの》くんの席《せき》は、わたしの席《せき》がある列の、一番うしろ。先生が出欠確認《しゅっけつかくにん》をする中、岡野《おかの》くんはあくびをしながらゆったりと歩いていく。

でも、わたしの席《せき》の横を通りすぎるとき、一瞬《いっしゅん》、真顔になって。そして、わたしをちらっと見た。

……え？

目が合うと、岡野《おかの》くんはすぐにそらして、自分の席《せき》へ。

今の、なに？　わたしのこと見たよね？　たまたま？　それとも気のせい？

ぶつかったこと、怒《おこ》ってるのかな……。

休み時間、あらためて謝《あやま》ろう。

そう思っていたけど、なかなかタイミングがつかめない。

っていうか、ふだん男子とあんまり積極的《せっきょくてき》にしゃべらないわたしが、仲《なか》がいいわけでもない岡野《おかの》くんに話しかけるの、けっこうハードルが高い。

秋斗《あきと》くんに話しかけるのでさえ、ためらってしまうのに。

秋斗《あきと》くんは、今日、日直で、いそがしそうにしている。今も、背《せ》のびしながら板書を消している。

ちらと窓《まど》の外に目をやれば、ぴかぴかの青空。梅雨《つゆ》の晴れ間、教室はエアコンがきいているけど、外は太陽でむされて、すごく暑そう。

今日。見学、いけるかな。

ひまりにきいてみなきゃ。秋斗《あきと》くんにも、伝《つた》えておいたほうがいいよね？　先輩《せんぱい》とかに話しておいてもらわないといけないし。

昼休み、ひまりが友だちとはなれてひとりになったタイミングで、声をかけた。

「すみれ。どしたの？」

「あのね。その、今日……。放課後《ほうかご》、いい？」

言葉をにごしたわたしに、ひまりは一瞬《いっしゅん》きょとんとしたけど、すぐに察《さっ》したみたいで。

「水泳部ね？　おっけ。でも、あたし、放課後《ほうかご》、委員会の仕事で放送室にいかなきゃなんだ。それ終わってからでいい？　たぶんすぐ終わるから」

「うん。じゃあ、図書室でまってる。それまでに秋斗《あきと》くんに見学にいくって話しておくね」

「了解《りょうかい》」

ひまりはにいっと笑《わら》った。

教室に、ひまりと同じグループの桜井《さくらい》さんたちがもどってきた。

「じゃ、またあとでね」

そそくさと自分の席《せき》にもどる。

昼休みが終わると、すぐに掃除《そうじ》だ。わたしは秋斗《あきと》くんと同じ掃除班《そうじはん》だから、すきを見て、話しかけた。

「あの。今日の放課後《ほうかご》。見学にいきたいんだけど」

秋斗《あきと》くんの目を見ず、一気に早口でつげる。

「え。まじ？」

「う、うん。あの、友だちもいっしょに」

「おう。何人でも大歓迎《だいかんげい》。ほかの部員と、先生にいっておくな」

「ありがとう。よろしくお願《ねが》いします」

ほうきをにぎりしめたまま、ぎこちなくお礼をいうと、わたしは持ち場にもどった。

胸《むね》のどきどきが、止まらない。

わたし。やっと、一歩。ふみだすことができた。

……そう思っていたのに。


今日は五時間目までしかないから、あっという間に放課後《ほうかご》になった。

スクバをもって図書室に向かう。本でも読みながらゆっくりひまりをまとう。

と、思っていたけど、いざ図書室にいってみると、勉強している生徒《せいと》がけっこういた。もうすぐ期末《きまつ》テストだし、わたしも、勉強したほうがいいのかな？

なんとなく、数学の教科書とノートをだしてみた。わたしって、まわりに影響《えいきょう》されやすいな。

ペンポーチもだそうとして、スクバをさぐる。

「ん？　あれ？」

ない。しまった、教室に忘《わす》れてきたのかな。

しょうがない。とりにもどろう。むしろ、今気づいてよかった。

階段《かいだん》をのぼって、教室へ。扉《とびら》は半分あいている。

もうみんな帰ってしまってだれもいないだろうって思っていたけど、入り口に近づいたとき、中からどっと笑《わら》い声がきこえた。

男子の笑《わら》い声だ。わたしは反射的《はんしゃてき》に扉《とびら》のかげに身をかくした。

どうしよう。入りにくいな……。

ちらちらとのぞき見して、様子をうかがう。秋斗《あきと》くんが自分の席《せき》で日誌《にっし》を書いていて、そのまわりに、三人、男子がいる。岡野《おかの》くんと、安達《あだち》くん。

あとひとりはだれだろう？　よく見えない。

「おまえら、じゃますんなよ。いつまでも書き終わんねーだろ？　さっさと帰れよ」

秋斗《あきと》くんのうざったそうな声。

「まあまあそういわずに、もうちょっとつきあってよ」

安達《あだち》くんがいった。いったいなんの話、してるんだろう。

それにしても入りづらい……。こっそりうしろから入ろうかな。

「秋斗《あきと》も協力《きょうりょく》してやってよ。幼《おさな》なじみなんだろ？」

幼《おさな》なじみ？　秋斗《あきと》くん……の？

それって。

「だからそんなんじゃねーって」

今度は岡野《おかの》くんの声。

「おれはただ、ちょっといいかもっつっただけで、ぜんぜんそんな気、ねーし」

「まったあ。おまえの気持ち、ちょっとわかるよ。永野《ながの》って、顔は地味だけど、よく見るとすごいよな」

顔の見えない、もうひとりの子が、そんなことをいう。

っていうか、まって。さっき「永野《ながの》」っていったよね？　わたしのこと？　なんで？

でも、うちのクラスに、ほかに「ナガノ」って苗字《みようじ》の人、いないし……。

なにより、秋斗《あきと》くんの幼《おさな》なじみがどうのこうのって……。

なんだかいやな予感がする。早くここから立ち去ったほうがいい、そう、もうひとりの自分がつげている。

でも、足がうごかない。

「いや、まじで永野《ながの》はエロい。あの胸《むね》」

どくんと心臓《しんぞう》が鳴った。

14 おとなの体なんていらない

すっと、体が冷《ひ》えていく。ぜんぜん寒くないのに、むしろ暑いはずなのに、指先が冷《ひ》えてふるえる。

早く去らなきゃ。ここであの子たちの話をきき続《つづ》けたら、わたし、ダメになる。もう立ちあがれなくなる。でも、足がこおりついて。なのに、心臓《しんぞう》はバクバク大きな音をたてていて。

「永野《ながの》？　なにしてるんだ？」

ふいに、背後《はいご》から声がした。びっくりして息が止まりそうになる。ふりかえると、先生だ。

「あ……」

先生が扉《とびら》を全開にする。と、中にいた男子たちが、いっせいにこっちを見た。

秋斗《あきと》くんも。わたしに気づくと、大きく目を見開いて、そして、がたんと音をたてて立ちあがった。

冷《ひ》えていた体に、一瞬《いっしゅん》で血がめぐって。顔がかあっと熱《あつ》くなる。

秋斗《あきと》くん。……あの子たちといっしょに、わたしのことを……。

——エロい。

耳の奥《おく》にこびりついてはなれない。五年生のときも、そういわれた。スクールの子たちに。吐《は》き気がする。

魔法《まほう》がとけたみたいに、足がうごきだす。くるりと教室に背《せ》を向け、わたしは逃《に》げた。

「永野《ながの》っ！」

秋斗《あきと》くんの声がきこえたけど、わたしはふりかえらなかった。

夢中《むちゅう》で走って、図書室へもどると、入り口のそばにひまりが立っていた。

「すみれ！」

わたしを見つけて、ぱっと花が咲《さ》いたように笑《わら》う。

「どこいってたの？　図書室の中見たら、いないから」

「ごめ……。きょ、う、しつに」

うまくしゃべれないわたしを見て、ひまりはわずかに首をかたむける。

「なんかあったの？」

「な、なにもないよ」

ひまりには知られたくない。

ゆっくり息をすって、気持ちをおちつかせる。

「今からプールにいってもいいのかな？　山崎《やまざき》には、もう、話したんだよね」

「話したけど、秋斗《あきと》くんは、まだ教室に」

いいかけて、言葉につまった。

まだ、教室に。さっききいたあの子たちの言葉が、なまなましく脳内《のうない》でひびく。

気持ち悪くて、わたしはその場に座《すわ》りこんだ。

「えっ？　だいじょうぶ？　すみれ」

「……ごめん、ひまり。わたし、やっぱり無理《むり》」

「具合悪いの？」

ひまりもしゃがんで、わたしの顔をのぞきこんだ。

「具合は悪くない。だいじょうぶ」

「でも」

ゆっくりと、立ちあがる。ひまりも立ちあがった。

「ごめん、ひまり。わたし、やっぱりプールにはいけない」

「わかった。今日は家に帰ってゆっくり休みな？　見学は、また今度いこう」

わたしはふるふると首をふる。

「見学には、もう、いかない」

「え？」

「見学にもいかないし、夏休みの市民《しみん》プールも……いかない」

「え？　まってすみれ、どうしていきなり、そんな」

「前もいったけど、どうしてもわたし、水着が無理《むり》だから」

「すみれ、気にしすぎだよ。世の中には、いろんな体形《たいけい》の人、いるしさ。みんないろいろコンプレックスもってると思うよ？　あたしもそう自分にいいきかせてる」

「そういうんじゃ、なくて」

ひまりにはどうせ、わからない。だってひまりは、「エロく」ない。

おとなになんてなりたくない。おとなの体なんていらない。

でも、ひまりには伝《つた》えられなくて、うまく伝《つた》えられる自信《じしん》もなくて。ただ、うつむいてくちびるをかみしめるだけ。

「すみれ……」

ひまりが、そっと、わたしの肩《かた》に手を置《お》いた。

反射的《はんしゃてき》に、わたしは体をよじって、ひまりの手をはらいのけた。

「すみ……れ？」

「あ……」

ひまりがとまどっている。その瞳《ひとみ》が、きずついて、ゆれている。

わたしも、自分で自分に、おどろいている。

わたし……、ふれてほしくなかった。自分の体が、きたなく思えて。こんなに気持ち悪いものに、ひまりをふれさせたくなかった。

「すみれ。ごめん。あたし、うざかったよね？」

ひまりの声がかたい。口元も、ほおも、こわばっている。

「ち、ちが」

「よけいなことばっかりいって、ごめん」

「ひまり。そうじゃなくって、わたしは」

「ごめん。あたし、帰るね」

わたしに背《せ》を向けると、ひまりは、自分のスクバをかかえて、走りだした。

「ひまり……！」

去っていくひまりを、わたしは、おいかけることができなかった。

どうして足がうごかないんだろう。

わたしはひまりのやさしい手を、はらいのけた。

ひまりだって、自分の体のことがきらいだっていっていた。

それでもわたしは、ひまりがうらやましい。

できることなら、わたし、ひまりになりたい。


次の日から、ひまりは、わたしをさけるようになった。

教室では、目も合わない。

メッセージもこない。

ハルばあちゃんの庭にも、こなくなった。

ハルばあちゃんには、「もうすぐ期末《きまつ》テストだから勉強するんだって」って、適当《てきとう》なうそをついてごまかしている。

ハルばあちゃんはあんまり腑《ふ》に落ちてないような顔してたけど（だって、これまでは雨の日もハルばあちゃんちで勉強してたし）、「ふうん」とだけいって、なにもきかずにいてくれた。

謝《あやま》ったほうがいいのはわかってる。でも、いざスマホにメッセージを打ちこもうとすると、指先が止まってしまう。

謝《あやま》ろうとすると、どうしても、あの日の放課後《ほうかご》のことを説明《せつめい》しなきゃいけなくなる。うまく言葉にできそうもなくて、そもそも思い出したくもなくて。

秋斗《あきと》くんとも、なにも話していない。

マンションでうっかりはち合わせしないように、毎日気をつけている。

秋斗《あきと》くんの顔を見るのもつらい。小さいころから仲《なか》のよかった秋斗《あきと》くんだけは、わたしのことをへんなふうにいわないって、わたしは勝手に信《しん》じていた。

勝手に信《しん》じて、勝手にうらぎられた気持ちになって……。

友だちが、一気にふたりもいなくなってしまった。

そのうえ、教室には、あの日わたしをエロいといった男子――いまだにだれなのかわからないし、わかりたくもない――がいる。岡野《おかの》くんや安達《あだち》くんの声が耳に入るのもしんどい。

学校にいきたくない。

でも、わたしが休むと、真奈《まな》がひとりになるから、がんばってなんとかいっている。

放課後《ほうかご》になると、いつも通り、ハルばあちゃんの家にいく。

まだ梅雨《つゆ》は明けない。

くもり空の下、たくさんのあじさいが花を咲《さ》かせている。

ひまりといっしょに植えたゴーヤも大きくなったし、切り戻《もど》したお花のよせ植えも、また枝《えだ》をのばしている。はじめてひまりがきた日、しゃがんで一生懸命《いっしょうけんめい》見つめていたひまわりの苗《なえ》も、すくすくと育っている。

ひみつのガーデニング部をはじめて、一か月ちょっとしかたっていないのに、もう、こんなにひまりとの思い出があふれている。

「すみれ、ちょっと休憩《きゅうけい》しない？」

テキストをとく手をとめて、はきだし窓《まど》の外をぼうっと見つめているわたしに、ハルばあちゃんが声をかけた。

「うん」

あんまり食欲《しょくよく》ないけど、ハルばあちゃんに心配かけたくない。

いつも通りにふるまわなきゃ。そう思っていたのに、

「ひまりちゃんがこなくなってから、元気ないね」

ハルばあちゃんは、グラスに麦茶をそそぎながら、そういった。

「そ、そうかな？」

声がうらがえってしまう。わたし、ぜんぜん「いつも通り」にふるまえてなかったってこと？

「テストって、いつからいつまで？」

「明日から二日間」

「テスト終わったら、ひまりちゃんはまたここにくる？」

「それは……」

「こないんでしょ」

ハルばあちゃんは小さく息をはいた。

「けんかでもした？」

「べ、べつに」

ハルばあちゃんから目をそらす。

「なにがあったか知らないけど。すみれはひまりちゃんと、もう一度なかよくしたいって思ってるんだよね？」

「な、なんでそんな」

「顔見てればわかるよ」

うそでしょ、そんなにわかりやすい？

思わず自分のほおに手をやると、ハルばあちゃんは「わかりやすいよ」と真顔でいった。きまり悪くて、麦茶をあおるように飲んでごまかす。

「さっさと仲直《なかなお》りしな」

さくっと、ハルばあちゃんはいった。

「さっさと、って……。そんな簡単《かんたん》にはいかないよ」

つい、むきになってしまう。するとハルばあちゃんは、じっとわたしの目を見た。

「時間が流れるのはあっというま。ぐずぐずしてるうちに、すぐに夏休みになって、冬休みになって、二年生になって、三年生になって、卒業《そつぎょう》だ。タイミングをのがすと、仲直《なかなお》りしないまま、はなればなれになってしまう」

「そんな、大げさな」

「大げさじゃないよ。それに、時間がたてばたつほど、元通りになるのはむずかしくなる」

「それは……、そうかもしれないけど」

「それにね」

ハルばあちゃんは、空《から》になったわたしのグラスに、ふたたび麦茶をそそぐ。

「人生、いつなにが起こるかわかんないんだよ。当たり前に今日と同じ明日がくるとはかぎらない」

「どういう意味？」

「後悔《こうかい》しないようにしな、って意味」

「なにそれ」

ぜんぜん、いってることわかんない。

さっさと仲直《なかなお》りできるんだったら、苦労《くろう》しないよ。

それに、わたしが悩《なや》んでるのは、ひまりとのことだけじゃない。

ハルばあちゃんにはわかんないよ。

だれにもわかんないよ、わたしの気持ちなんて。

「ごめんハルばあちゃん。そろそろ勉強しなきゃ」

かたい声でつげた。閉《と》じていたノートを、ふたたび開く。

「はいはい。がんばってね」

腰《こし》をおさえながら、ハルばあちゃんはゆっくりと立ち上がる。

その拍子《ひょうし》に、ハルばあちゃんはよろめいた。

「ハルばあちゃん!?」

「だいじょうぶ、ちょっと足がしびれただけだから」

ハルばあちゃんは小さく笑《わら》う。

「最近《さいきん》、ちょっとつかれがたまってってね」

「ほんとにだいじょうぶなの？」

「一日ゆっくりねればよくなる」

ハルばあちゃんはわたしにピースサインをした。

まあ、ハルばあちゃんは、いつだって体のあちこちが痛《いた》いってグチってるけど、基本《きほん》、元気だし。真奈《まな》みたいに、天気が悪くて調子がでないとか、そういうのなのかも。

ハルばあちゃんは部屋からでていった。

わたしはテキストをときはじめた。

ぶうんと音をたてて、扇風機《せんぷうき》の羽根がまわっている。

15 今日と同じ明日がくるとはかぎらない

次の日。

期末《きまつ》テスト一日目。今日は午前中にテストをうけて、そのあと給食《きゅうしょく》を食べて終了《しゅうりょう》。テストはきらいだけど、早く帰れるのはうれしい。

一時間目、二時間目、と、テストは進んでいく。休み時間、ノートを開いてテスト範囲《はんい》の最《さい》終《しゅう》チェックをしていると、ふいに、救急車《きゅうきゅうしゃ》のサイレンの音がきこえた。

音は近づいてくる。

学校の近くの家にいくのかな？　まさか、ハルばあちゃんちとか……。

ちらっとそんな思いがよぎって、ノートから顔をあげると、

「あ」

ひまりと目が合った。ひまりがわたしのほうを見ていたんだ。

瞬間《しゅんかん》、ひまりはぱっとそらした。

胸《むね》に小さなトゲがささる。ちくちく、ちくちく。わたしが悪いのはわかってるけど、あからさまに目をそらされると、胸《むね》が痛《いた》い。

さっさと仲直《なかなお》りしたほうがいい。そんなこと、わかってる。

いつのまにか、救急車《きゅうきゅうしゃ》の音は消えていた。

その後はなにごともなく、テストは終了《しゅうりょう》し、給食《きゅうしょく》も食べ終わった。すべての部活動も休みだから、クラスの全員が、いっせいに帰り始める。

うっかり秋斗《あきと》くんの顔を見てしまわないよう、うつむいて教室をでた。

真奈《まな》とふたりでくつ箱へ向かっていると、わたしのスマホが鳴った。

「ママだ」

「でていいんじゃない？」

真奈《まな》がいう。うちの学校は、スマホもちこみOKだけど、校内でつかうのは、基本《きほん》NG。でも、家からの連絡《れんらく》は例外《れいがい》。

なんとなく胸《むな》さわぎがして、わたしはスマホをタップした。

「すみれ、もう学校終わった？」

「うん。どうしたの？」

ママがこんな時間にかけてくるなんてめずらしい。

「あのね、今日はハルおばちゃんちにいかずに、まっすぐ帰ってきなさい」

「なんで?」

「じつは……。ママ、今病院にいるの。ハルおばちゃんが運ばれたって連絡《れんらく》があって」

「えっ」

頭がまっ白になった。

じゃあ、休み時間の救急車《きゅうきゅうしゃ》は、やっぱりハルばあちゃんちに……。

「ねえママ。ハルばあちゃん、だいじょうぶなの!?」

「だいじょうぶだと思う。でも、しばらく入院になりそう」

「そう、なんだ……」

心臓《しんぞう》がバクバクしている。

通話を終えてからも、いやな動悸《どうき》はおさまらない。

「すみれ……?」

ずっとスマホをにぎりしめてぼうぜんとしているわたしに、真奈《まな》がそっと声をかける。

「だいじょうぶ? なにかあった?」

「う、うん。だいじょうぶ」

だいじょうぶ、だよね。ママがだいじょうぶっていってたし。

笑顔《えがお》をつくろうとしたけど、顔がひきつって、うまくいかない。ママ、わたしを安心させようとして、とりあえず「だいじょうぶ」っていったんじゃないよね？

昨日《きのう》、調子悪そうだった。あのときすぐに、病院にいってれば……。わたしがいくようにいってれば。

通学路を歩きながらも、わたしは気が気じゃなかった。

マンションについて、自動ドアをくぐると、

「……あ」

秋斗《あきと》くんがいた。壁《かべ》にもたれて、うつむいている。わたしが通りすぎようとすると、

「すみれ」

声をかけられた。

「すみれと話がしたくて、まってた。この間のことで」

この間。……思い出して、体がこわばる。

「わたしは話なんてききたくない。それに、今、それどころじゃないから」

秋斗《あきと》くんの目を見ずに、一気に早口でつげた。

「おばあちゃんがたおれたの」

秋斗《あきと》くんが息をのんだのが、気配でわかった。

さっと秋斗《あきと》くんの前を通りすぎ、エレベーターに乗りこむ。四階のボタンをおして、すぐに「閉《へい》」ボタンをおした。

なんなの？　まちぶせなんかして。

ハルばあちゃんが心配でたまらないのに、これ以上《いじょう》、気持ちをぐちゃぐちゃにかきまわすようなこと、しないでよ。

ふいに、鼻の奥《おく》がつんとした。

自分が今、怒《おこ》ってるのか、不安《ふあん》なのか、なんなのかわかんない。ただただ、涙《なみだ》がでてくる。

ハルばあちゃんはひとり暮《ぐ》らしで、家族はいない。

めいっこにあたる、うちのママ（と、その家族であるわたしたち）が、唯一《ゆいいつ》の身内。

ずっと病院でつきそっていたママが帰ってきたのは、夜の九時ごろだった。

「ハルばあちゃん、だいじょうぶなの!?」

でむかえたわたしに、ママは少しだけほほえんでみせた。

「だいじょうぶよ。救急車《きゅうきゅうしゃ》を呼《よ》ぶのが早かったから、大事にならずにすんだみたい」

「よかった……」

ほっと、肩《かた》の力がぬけた。

「なによ。電話で、だいじょうぶっていったじゃない。信用《しんよう》してなかったの？」

「ごめん。信用《しんよう》してなかった」

正直にいったら、ママはわたしのひたいを、グーにした手で軽くこづいた。

「どれぐらい入院しなきゃなの？」

「うーん……。十日ぐらいかな？　のびるかもしれないし、ぎゃくに早く退院《たいいん》できるかもしれない」

「そっか。じゃあわたし、お見舞《みま》いにいきたい」

「お医者さんの許可《きょか》がでたらね。すみれ、おふろまだでしょ？　早く入んなさい」

「はあい」

わたしがおふろの用意をしている間、ママはリビングで、パパのつくったごはんを食べながら、ハルばあちゃんの病状《びょうじょう》を説明《せつめい》している。

ちらちら聞き耳をたてていたけど、本当に、命に別状《べつじょう》はなさそう。後遺症《こういしょう》もないって。

でも、もし病院にいくのがおくれてたら、あぶなかったみたい。

紙一重《かみひとえ》だったんだなって思うと、足がすくんだ。

当たり前に今日と同じ明日がくるとはかぎらない。

わたしは、ハルばあちゃんの昨日《きのう》の言葉を、頭の中でくりかえしていた。


翌日《よくじつ》。午前中でテストが終わり、五時間目はホームルーム。

球技《きゅうぎ》大会の話し合い。女子はバレーボール、男子はサッカー。男女別《べつ》にわかれて、チーム分けをする。

みんな、テストが終わった解放感《かいほうかん》もあって、テンション高め。優勝《ゆうしょう》めざそうなんてもりあがってるけど、わたしは正直どうでもいい。

ただ、体育の授業《じゅぎょう》が、しばらくは球技《きゅうぎ》大会の練習にあてられるらしいから、その点だけはよかった。水着にならなくていい。

「うちのクラス、マジで優勝《ゆうしょう》ねらえるよね！　だってひまりがいるんだもん」

桜井《さくらい》さんがはしゃいだ声をあげる。

「あんま期待しないでよ？　あたし、バレーやめてからけっこうたつんだから。カンにぶってるよ」

ひまりが苦笑《くしょう》した。

「チーム分け、どうする？　運動部集めたガチのチームひとつと、それ以外《いがい》の人たちのチームでわける？」

桜井《さくらい》さんの提案《ていあん》に、みんな、「それでいいよ」と口々《くちぐち》にうなずいた。

ひまりはもちろん「ガチ」チーム。

みんなにかこまれて笑《わら》っているひまりを、ちらっと見やる。

ハルばあちゃんが入院したってこと、伝《つた》えたいけど……。でも、むやみに心配させてもいけないし……。そもそも、わたしとはもう、関《かか》わりたくないかもしれない。

放課後《ほうかご》になっても、ひまりはまだ教室にのこって、同じチームになった子たちと楽しそうにしゃべっている。

今日は無理《むり》そう。みんなのいるところでは、話しかけづらいよ。

あきらめて教室をでる。だけどわたしは、うらはらに、ちょっとだけほっとしていた。

みんながいるから話しかけられないんじゃない。ほんとは、話しかけて拒否《きょひ》されるのがこわくて、ひまりに近づけないいんだ。

ハルばあちゃんがいったように、時間がたてばたつほど、ひまりに声をかけづらくなっていく。

ふたりの間のきょりが、どんどんはなれていく。

16 伝《つた》わるように、言葉をつくす

ハルばあちゃんが入院して一週間たったころ、お見舞《みま》いの許可《きょか》がでた。もう七月になっていた。

わたしは学校が終わると、そのままハルばあちゃんの病院へ向かった。

ハルばあちゃんが入院しているのは、市内にある大きな総合《そうごう》病院。バスを乗りついでいく。

ママに、ハルばあちゃんのいる病棟《びょうとう》と、病室の番号は教えてもらっていた。面会できる時間とか、そういうのも。

受付《うけつけ》でたずねたら、すぐ案内《あんない》してもらえた。

入院病棟《びょうとう》は、当然《とうぜん》だけど清潔《せいけつ》で、だけどどこか無機質《むきしつ》で。ほのかに、消毒薬《しょうどくやく》とか、そんな感じのにおいがただよってて。なんだかちょっと身がすくむ。

ろう下には、配膳《はいぜん》の片《かた》づけをしているスタッフさんとか、点滴袋《てんてきぶくろ》をさげた患者《かんじゃ》さんとか、看護《かんご》師《し》さんとかがいきかっていて、静《しず》かだけど静《しず》かすぎない感じ。

「五〇三……ここだ」

ドアには苗字《みょうじ》の書かれたプレートが四つついている。個室《こしつ》じゃなくて四人部屋みたい。

ノックしようとしていると、ちょうど引き戸のドアがあいて、看護師《かんごし》さんがでてきた。入れかわりみたいにして中に入る。

ハルばあちゃんは窓側《まどがわ》のベッドで横になっている。ほかの患者《かんじゃ》さんのエリアとは、カーテンでしきられていて、おたがいの様子が見えないようになっていた。

「あら、すみれ。きたの」

ハルばあちゃんはわたしに気づくと、電動ベッドのリモコンを操作《そうさ》して、背《せ》もたれをあげた。

「いいよ起きなくて。楽にしてて」

あわててとめると、ハルばあちゃんは、

「病人あつかいしないでよ」

と笑《わら》う。

「病人でしょ？　入院してるんだから」

「もう処置《しょち》してもらって元気になったよ。たぶん、もうすぐ帰れる」

「そうなんだ」

ハルばあちゃんは顔色もいいし、口調もいつも通りで、ほっとした。

「すみれ、座《すわ》んなさい。そのへんにいすがあるから」

「うん」

サイドボードの近くの丸いすを引きよせて座《すわ》る。

「ハルばあちゃん、これ。ママから」

ハルばあちゃんが好《す》きな、駅前のお菓子屋《かしや》さんのセサミクッキーの箱をわたす。

「あらま。ありがと」

「仕事終わってからまたよるって」

「お世話かけてごめんね」

ハルばあちゃんは箱をあけた。

「すみれも食べて」

「うん」

個包装《こほうそう》のクッキーの袋《ふくろ》をあけて、一口かじる。香《こう》ばしくて、あますぎなくて、おいしい。

ハルばあちゃんもクッキーをかじった。そして、すぐに、ふうっとためいきをつく。

「どしたの？」

「また持病がいっこふえていやんなるなあって思っただけ」

「ほかにもあるんだ、持病」

「持病っていうか。ま、いろいろだね。体も機械《きかい》みたいに新品の部品ととりかえられたらいいの

にって思うよ」

「それ、いいね。わたしも気に入らないとこ、交換《こうかん》したい」

「気に入らないとこなんてあるの？」

「……そりゃ、あるよ」

むしろ全部気に入らない。

「そりゃま、そうか」

ハルばあちゃんは二枚目《まいめ》のクッキーに手をのばした。

「わたしも中学生とか高校生とか、それぐらいのころは、自分のことがいやでいやで」

「え。ハルばあちゃんも？」

「きらいだったよ。体も心も。見た目も中身も」

……きらい「だった」。過去形《かこけい》だ。

「いつからきらいじゃなくなった？」

「うーん……」

ハルばあちゃんはクッキーを手にしたまま宙《ちゅう》に視線《しせん》をさまよわせた。

「きらいじゃなくなった、わけじゃないかも。なんかもう、しょうがないか、って受け入れた感あんまり気にならなくなってきた感じかなあ」

「しょうがない、って」

身もふたもないなあ。

「人と比《くら》べて落ちこむこともあったけど……。趣味《しゅみ》とか、仕事とか、夢中《むちゅう》でやってるうちに、あんまり気にならなくなってきた感じかな」

「そうなの？」

「とくに、趣味《しゅみ》だね。好《す》きなことやってると、ほかのこと全部忘《わす》れられる」

「ガーデニング？」

「うん。ま、そう。あとね、慣《な》れだね」

「慣《な》れ」

「自分で自分に慣《な》れてくる」

「いつまでたっても慣《な》れない人だっているんじゃない？」

「そりゃ、いるだろうけどね。あくまでわたしの場合は、だよ」

なにかに夢中《むちゅう》になってるうちに、とか、慣《な》れ、とか。ようするに時間がたてばなやまなくてすむようになるよってこと？

そんなの、なんのなぐさめにもならない。だってしんどいのは「今」だもん。

「まあ、病気に関《かん》してはちょっとちがうけどね」

「え」

どきっとした。病気、って……。さっきいってた「持病」のこと？

「思えばいろいろサインはあったのに、『これぐらいだいじょうぶ』とか『いつものことだから』って放置《ほうち》してた。それがよくなかった。調子が悪いことに慣《な》れちゃいけない。ひどくなる。今回のこともそうだ」

ハルばあちゃんは、ふうっと、長いためいきをついた。

「ねえ、ハルばあちゃん、だいじょうぶなの？　もう」

「ああ。昔の病気のことは、もうだいじょうぶ。悪いところは、もうとってしまったから。さすがに新品と交換《こうかん》、ってわけにはいかないからね。とったらとったでいろいろ大変《たいへん》なこともあったけど、まあ……、それこそ受け入れるしかなかったね」

「そう……なんだ」

小さくつぶやいて、クッキーを少し、かじった。

悪いところ、って、どこなんだろう。どこの病気？　気になったけど、さすがにきけない。

何歳《なんさい》ぐらいのときのことなのかわかんないけど、ハルばあちゃんがそんな大変《たいへん》な思いをしていたなんて、わたし、ぜんぜん知らなかった。

「そんな顔しないの！」

ハルばあちゃんは、にっと笑《わら》う。

「手術《しゅじゅつ》で治《なお》る病気だったんだから、わたしはラッキーだったのさ」

ハルばあちゃんはクッキーをぽりっとかじった。そして、わたしの目を、ちらっと見やると、

「ところで、ひまりちゃんとは、もう仲直《なかなお》りした？」

直球を投げてきた。ぐっと言葉につまってしまう。

「退院《たいいん》してからも、しばらくは無理《むり》できないから、これからもふたりに庭仕事手伝《てつだ》ってもらえるとありがたいんだけどな」

「……ん。ひまりがゆるしてくれれば、ね」

「あれま。なんか、ひどいこといっちゃったの？」

「いったわけじゃないけど……。わたしが悪いことはたしか」

「なるほどね。だったらまず謝《あやま》らないと。そのうえで、ゆるすかゆるさないかはひまりちゃんがきめる」

「そう、だよね」

わかってる。今日と同じ明日がくるか、わかんないから。後悔《こうかい》しないように、伝《つた》えたいことを伝《つた》える。思えば、ひまりは、だれにもいえなかったわたしの悩《なや》みを、うちあけられた最初《さいしょ》の人。

本気で泳いでるとこが見たいな、っていって、わたしの手を光のあるほうへと引っぱっていってくれていた。

なのに……。

「ひまりにはわかんない、って思っちゃったんだ。わたしの気持ちなんて」

つぶやいたわたしに、

「そりゃ、わかるわけないよ。いくら仲《なか》がよくたって、べつの人間なんだから。わかってほしいんだったら、伝《つた》わるように、ちゃんと言葉をつくさないと」

ハルばあちゃんがこたえた。

ドアがあいて、看護師《かんごし》さんが入ってくる。

「石坂《いしざか》さん、検温《けんおん》の時間です」

わたしはあわてて立ちあがり、いすを片《かた》づけた。

しまった。ずいぶん長いことおしゃべりしてた気がする。ママに、ハルばあちゃんをつかれさせないように、長居《ながい》しないようにしなさいっていわれてたのに。

「ハルばあちゃん、わたし、そろそろ帰るね」

小声でつげると、ハルばあちゃんはにっと笑《わら》った。

わかるわけなんてない。べつの人間なんだから、か……。

病棟《びょうとう》のろう下を歩きながら考える。

伝《つた》わるように、言葉をつくす。わたしにとって、それはとってても勇気《ゆうき》がいることで。はずかしくて消えたくなった、あの瞬間《しゅんかん》を、もう一度思いだすことで。

でも、さけて通れない。

だって、ひまりを失《うしな》いたくないから。


ハラをきめたつもりだった。今度こそ謝《あやま》るって。言葉をつくして、あのときの自分の気持ちを伝《つた》えるって。

でも、なかなか、きっかけがつかめない。

ひまりは、休み時間はずっと桜井《さくらい》さんたちといっしょにいるし、放課後《ほうかご》はすぐに帰ってしまう。

今、昼休みだけど、教室にひまりはいない。バレーの練習をしに、体育館にいっているみたい。

というか、そもそも教室には、わたしと真奈《まな》と、ほかに女子数人がいるだけ。みんなどこかにではらってしまっていた。

真奈《まな》といっしょにとりとめもないことをしゃべっていると、ふいに、女子たちの笑《わら》い声がきこえた。

「やだーっ。ありえないって近藤《こんどう》なんか」

「でもでも、イケメンだっていってたじゃん」

うわ。これってひょっとして恋《こい》バナ？

真奈《まな》と顔を見あわせる。あの子たちの好《す》きな人、わたしたちがきいちゃったらまずいんじゃや。

ふたり、うなずきあって、そーっと教室をでようとしたら。

「イケメンだなんていってないじゃん。二の腕《うで》がいいっていっただけで」

「ミクは二の腕《うで》フェチだもんね」

「でも近藤《こんどう》はない。だってあたしより背《せ》が低《ひく》いもん」

たたみかけるようにきこえてくる会話。だまって、わたしたちは教室をでた。

ろう下で、ふーっと、息をはく。

想像《そうぞう》してたような恋《こい》バナじゃなかったけど、でも、あの場から立ちさってよかった。

二の腕《うで》がいい、か。背《せ》が低《ひく》いからありえない、か。

わたしが男子たちからいろいろいわれてたみたいに、あの子たちも近藤《こんどう》くんのことをいろいろいってた。わたしだってこの先、だれかの見た目のことをあれこれいうときがくるのかもしれない。

そういえば、昨日《きのう》、たまたま見ていたテレビで、女性《じょせい》タレントたちが、男性《だんせい》のあのしぐさがエロいとか、そういうトークでもりあがってた。

男の人もそんなふうにいわれるんだ、って思った。

のがれられないのかな。わたしも、みんなも。そういう目線から。

でも……。

「今から図書室でもいく？」

真奈《まな》にきかれて、われに返った。

「う、うん。そうしよう」

あわてて笑顔《えがお》をつくる。

のこりの昼休みは図書室ですごして、放課後《ほうかご》もやっぱりひまりはさっと帰ってしまっていて。

今日もわたしは、謝《あやま》れなかった。

17 球技《きゅうぎ》大会と大事件《だいじけん》

そして、次の日。球技《きゅうぎ》大会の日だ。

登校するとすぐに体操着《たいそうぎ》に着がえ、体育館へ。

わたしは「三組Cチーム」。ひまりは「三組A」。ガチで優勝《ゆうしょう》をねらいにいくために組まれたチームだ。

競技《きょうぎ》はトーナメント形式で進んでいく。わたしのチームと、もうひとつ、「三組B」は速攻《そっこう》で敗退《はいたい》。のこった「三組A」の応援《おうえん》にまわる。

ホイッスルが鳴って、ひまりがサーブを打つ。

「うわっ……。すご」

あれってジャンプサーブ？　勢《いきお》いのあるボールが相手コートにささって、ポイントが入る。サービスエースだ。ひまり、すごい。

その後もひまりは活躍《かつやく》しまくった。とくにスパイクの威力《いりょく》がすごい。ひまりはだれよりも背《せ》が高いのに、だれよりも高くとんで、ボールをたたきこむ。あんなにするどいスパイク、だれもとれないいんじゃないかな？

ずっと、ひまりを目でおってしまう。スパイクがきまったときの笑顔《えがお》はだれよりもまぶしい。

まぶしくて、なんだか……、遠い。

そりゃ、そうか。

もともとひまりはかがやいてる子だった。同じ教室にいても、わたしとはちがう場所にいる子だった。そもそも遠かったんだ、最初《さいしょ》から。

三組Aチームはさくさくと勝ちあがって、もう次は準《じゅん》決勝。

みんな、汗《あせ》をふきながら水分補給《ほきゅう》して、休憩《きゅうけい》をとっている。

男子は全チーム敗退《はいたい》したみたいで、女子の応援《おうえん》をしに、みんなでわらわらとやってきた。優《ゆう》勝《しょう》が近づいてきたひまりたちをかこんで、激励《げきれい》（？）している。

わたしはちょっと離《はな》れたところで、その様子を見守っていたんだけど。

「……あれ？」

なんだか、ひまり、顔色が悪いような。

「どしたの、すみれ」

真奈《まな》にきかれて、「なんでもない」と首を横にふる。

ひまりはみんなにかこまれて、笑《わら》っている。たぶん、わたしの気のせいだ。

休憩《きゅうけい》が終わり、準決勝《じゅんけっしょう》がはじまった。

相手チームは二組B。三組も、二組も、応援《おうえん》に熱《ねっ》が入っている。

ラリーが続《つづ》き、ひまりにトスがあがる。ふみきって、深く沈《しず》みこんでからジャンプ……したんだけど、タイミングが合わず。ひまりの手はボールにかすりもしなかった。

「あ～」

みんなのためいきがきこえる。桜井《さくらい》さんたちが、「ドンマイ！」と声をあげた。

ひまり、ずっと絶好調《ぜっこうちょう》だったのに、ここにきて、どうしたんだろう。つかれたのかな？

その後も、ひまりのプレーは、キレを失《うしな》ったままで。

最後《さいご》は、相手からのサーブを、ひまりがレシーブできずに、終わってしまった。

「なんだよ西原《にしはら》、ミスばっかりしてんじゃん」

森《もり》くんがはきすてた。自分がいわれたわけじゃないのに、胸《むね》がずきんと痛《いた》む。

「そんなふうにいわないでよね。ここまで勝ち進めたの、ひまりのおかげなんだから」

桜井《さくらい》さんがすぐさまいいかえした。

ほんとは、わたしもいいかえしたかった。ひまりをかばいたかった。

三位《さんい》決定戦《せん》でも三組Aは負けて、四位《よんい》。それでもすごいと思う。

表彰式《ひょうしょうしき》を兼《か》ねた、閉会式《へいかいしき》。ひまりはまっすぐ前を向いているけど、やっぱり顔色がよくない気がする。っていうか、試合《しあい》のときより悪くなってる。

信号機《しんごうき》のそばでうずくまっていた、いつかのひまりを思いだす。あのとき、ひまり、あきらかに具合悪そうなのに、ひとりで帰れると強がっていた。

もしかして、今も、無理《むり》してこの場に立っているのかな……。

教室にもどって、着かえる。今日はこのあと帰りのホームルームがあって、そのまま解散《かいさん》だけど、ひまり、もう無理《むり》せずに帰ればいいのに。

そういいたかったけど、ひまりはすぐに友だちにかこまれてしまった。

ぐずぐずしてるうちに、となりの教室で着がえをすませた男子たちがもどってくる。

教室はさわがしくなった。早く先生こないかなって思ってるのに、こんなときにかぎって、いつまでもこない。早くひまりを家に帰してあげたい。

「っつーか、女子、残念《ざんねん》だったなー」

安達《あだち》くんの声。見ると、ひまりの席《せき》のそばで、わざときこえるように大きな声でいっている。

「西原《にしはら》がミス連発《れんぱつ》しなきゃ、勝てたのにな～」

森《もり》くんも。

「あんた、まだいってんの？」

桜井《さくらい》さんがつっかかる。

「いつまでもいうつもりだけど～」

へらへらと挑発《ちょうはつ》するような言い方。今にもケンカがはじまりそうな不穏《ふおん》な空気に、教室のみんなの視線《しせん》が集まる。

「やめなよ、なつき。ほっときなって」

ひまりがたちあがって、桜井《さくらい》さんをとめた。

その瞬間《しゅんかん》、安達《あだち》くんが、

「あれ？」

と、すっとんきょうな声をあげた。

「西原《にしはら》、いすになんかついてるぞ」

「え？」

自分のいすに視線《しせん》を落としたひまりの表情《ひょうじょう》が、かちっとかたまった。

「それ、血？」

森《もり》くんの声。

いすに、血？　……それって、もしかして。

気づいた瞬間《しゅんかん》、ひまりは、

「うそ……」

つぶやいた。

とまどうひまりの目に、じわりと、涙《なみだ》があふれている。

教室は、こおりついたみたいに静《しず》かになる。

「え、まって、なんで」

ひまりはしきりにつぶやきながら、あふれでる涙《なみだ》をぬぐっている。桜井《さくらい》さんたちも、突然《とつぜん》のことに、なにもいえずにとまどっている。

「ど、どうしよ、あたし」

がたん、と、大きな音がひびいた。

わたしのいすがたてた、音だった。

気づいたら、わたしは、立ちあがっていた。そのまま、まっすぐにひまりのもとへ。

体が勝手にうごいてたんだ。

だって、こんなに心細そうなひまりを、ほうってなんておけないよ！

きらわれてたって、関係《かんけい》ない。わたしがひまりを助けたい。

「だいじょうぶだよ」

ひまりの手をにぎる。

「だいじょうぶ。ちょっとひざをすりむいただけ」

まわりにきこえるようにいってから、自分のタオルを、さっとひまりの腰《こし》にあてててかくした。

「保健室《ほけんしつ》、いこう」

小さくささやくと、ひまりはうなずいた。

ひまりの手をひいて、教室をでる。

桜井《さくらい》さんたちも、真奈《まな》も、ほかの生徒《せいと》たちも、あっけにとられたような顔をしていた。そりゃ、そうだよね。ひまりとわたしは、学校では、あんまり話さなかったから。

でも、だれにどう思われるかなんて、気にしてなんかいられない。

はじめてつないだひまりの手はひんやりと冷《つめ》たくて。わたしの手より大きいけど、細くてしなやかで、思わず、ぎゅっと力をこめてにぎった。

「だいじょうぶだよ、ひまり。だいじょうぶ」

ろう下を歩きながら、しきりにくりかえす。

「……うん」

ひまりのかぼそい声を、背中《せなか》できく。

うしろをふりかえると、ひまりは歩を止めた。

「あの。保健室《ほけんしつ》の前に、トイレにいってもいい？」

「え。あ。う、うん」

しまった、ぜんぜん気がまわらなかった。そうだよね、まずはトイレで状況確認《じょうきょうかくにん》したいよね。

トイレの入り口そばでまつ。しばらくして、青ざめた顔をしたひまりがでてきた。

「どう……だった？」

どうもこうもないけど、こんなふうにきくしかない。

「うん。やっぱり、あれが始まってた」

「そっか。あれ、もってる？」

ひまりは首を横にふる。

『あれ』だけで話が通じてしまう。

「わたしももってないんだ。でも保健室《ほけんしつ》にいけばもらえると思うよ」

「あのさ、すみれ」

ひまりは所在《しょざい》なげに自分の腕《うで》をさすっている。視線《しせん》をわたしからはずして、自分のつまさきに落として、

「……実は。はじめて、なんだ」

消え入りそうな声で、つげた。

「え」

「だからあたし、ちょっと、その、……びっくり、して」

「う、うん」

「泣《な》くつもりなんてなかったのに、ちょっとパニクっちゃって。あたしらしくなかった」

もそもそと、はずかしそうにひまりはつげる。

そうか。まだだったんだ。

「トイレでも。想像《そうぞう》してたよりたくさん血がでるんだなって思って、……びびっちゃった」

「うん。そう、だよね」

わたしも最初《さいしょ》のときはめんくらったもん。しかも、今でもまだ慣《な》れない。

「あれの使い方、わかる？」

「うん。前、習ったし」

ひまりの声はいつも通り、おちつきをとりもどしていた。

「とりあえず保健室《ほけんしつ》にいこう」

「うん」

うなずいたひまりは、今度は自分から手をのばして、わたしの手をとった。

「ひまり……」

「ありがとう、すみれ」

にっこり笑《わら》う。

「ありがとう。あたしを教室からつれだしてくれて」

「ひまり……」

ひまりの笑顔《えがお》を見ていたら、鼻の奥《おく》がつんとした。目頭《めがしら》が熱《あつ》くなって、涙《なみだ》がじわっとあふれてくる。

「ひまり、ごめんね。ごめんね、わたし、あのとき……」

涙《なみだ》で言葉にならない。

「ご、ごめ。保健室《ほけんしつ》いかなきゃだね」

ようやっと、それだけいうと、ひまりはうなずいた。

18 怒《おこ》ればいいと思うよ

ノックをして、保健室《ほけんしつ》の扉《とびら》をあける。

「あら、西原《にしはら》さんと永野《ながの》さん。どうしたの？」

養護《ようご》の先生がでむかえてくれた。わたしたちのほかに生徒《せいと》の姿《すがた》はない。

「突然《とつぜん》生理になりました。ナプキン、いただけませんか」

ひまりははっきりといいきった。

しゃん、と背《せ》すじをのばして。

びっくりしてひまりをじっと見てしまった。だって、教室では泣《な》いてたのに。今、こんなにどうどうと、「生理になりました」って……。

「あら、そう。どれぐらい必要《ひつよう》？」

奥《おく》の棚《たな》から、先生がカゴをもってきた。

「これは軽いとき用。これは量《りょう》多めのとき用」

「よくわかんないけど、多めので。すぐ帰るから、一個《こ》でいいです」

「そう。体調はどう？　おなか痛《いた》くない？」

「にぶく痛《いた》むっていうか、ちょっと重だるいけど、がまんできないほどじゃないです」

「無理《むり》しないで、今日はゆっくりすごしてね」

「はい」

はきはきと受け答えしている。

「すみれ」

「あ、は、はい」

いきなり話しかけられて、びっくりして思わず敬語《けいご》になってしまった。

「ちょっとトイレにいってくるから、ここでまってて」

「う、うん」

ひまりの足どりはかろやかだ。養護《ようご》の先生も、なんでもないことのような顔をしている。

「どうしたの永野《ながの》さん。まじまじとわたしの顔なんて見て」

先生がくすっと笑《わら》う。

「見てました？　すみません」

「謝《あやま》らなくてもいいよ」

「あの……。先生は、はずかしくないんですか」

「なにが？」

「生理の話とか」

わたしの友だちも、クラスメイトも、みんなそんな話しないし。ママからきくのもうっとうしいし、もっというなら、自分に生理があるってことじたいが気持ち悪い。

「はずかしくはないかな。たんなる体の機能《きのう》だし。体の中で起こってるってだけのことだから」

「体の中で起こってるってだけのこと……」

「そ。でも、痛《いた》みだとか、経血《けいけつ》の量《りょう》とか、周期《しゅうき》とか、人それぞれちがうからね。なにかちょっとでも不安《ふあん》なことがあれば、気軽に相談してほしいな」

先生はにこっと笑《わら》った。

「はい」

だからわたしも、自然《しぜん》と笑顔《えがお》になった。

たんなる体の機能《きのう》、か。でも、人それぞれちがうのか。よく考えたらその通りなんだけど、こんなにきっぱりいいきられたら、なんていうか、こう……。

勝手にしょってた荷物が、ふいに軽くなったような気持ち。

だってわたし、はじめてきたとき、ママに「おめでとう」っていわれたんだもん。なにがおめでたいのかぜんぜんわかんなくて、すっごくもやもやした。

この「もやもや」の正体がなんなのか、ずっとつかめないでいたけど。

「体がおとなに近づいた」とか、「赤ちゃんを産《う》める」とか、「おめでとう」にはそういうニュアンスがあって、それがいやだったのかな……。

いまいましい、この「胸《むね》」だってそうだよ。

じっと自分の胸元《むなもと》を見つめていると、ふたたび保健室《ほけんしつ》の扉《とびら》があいた。

「ありがとうございました」

ひまりが先生に頭をさげた。

「いいえー」

「すみれも、ありがとう。タオル」

教室をでるときにひまりの腰《こし》にあててかくした、わたしのタオル。きちんとたたんで、ひまりはわたしに手わたした。

「スカート、だいじょうぶだった？」

「うーん……。ちょっと目立つかもしれない。教室でもう一回体操服《たいそうふく》に着かえて帰ろうかな。汗《あせ》だくの体操服《たいそうふく》だけど……」

少しだけ顔をしかめたひまりに、先生が、

「ここに予備《よび》の体操服《たいそうふく》があるから貸《か》すよ。着かえていきなさい」

といってくれた。すごい、そんなものまで用意されてるんだ。

「まじですか？　助かります！」

ひまりは明るい声をあげた。

ひまりはすっかりいつもの「明るくてはきはきした」ひまりで、なんならいつもより生き生きしてるぐらいで。

しきりのカーテンの向こうで着かえながら、

「もうとっくに帰りのホームルーム終わったよね？　うちら、保健室《ほけんしつ》いったってだれか伝《つた》えてくれたかな？」

なんていっている。

「たぶんだれかがいってくれたと思うよ」

とこたえる。帰りのホームルームのことなんて、完全《かんぜん》に頭からぬけてた。

保健室《ほけんしつ》をでると、もう、たくさんの生徒《せいと》たちが下校しはじめていた。

教室にもどると、もうだれもいなかった。

「なつきたちからメッセージきてるー。めっちゃ心配してくれてる。先生にはうまいことといってくれたみたい」

ほんとは禁止《きんし》だけど、ひまりは自分のスマホにぽちぽちと返信《へんしん》メッセージをうちはじめた。

わたしはぼんやりとその様子を見ている。

ふいに、ひまりはスマホをタップする指をとめた。

「すみれ」

「うん」

「今日。いっしょに、帰ってもいい？」

「う、うん。っていうか……いいの？」

「あたし、さ。ずっと、すみれがあたしのことぎらいになったって思ってて……。もうおばあちゃんちにもいけないないなって思ってて。でも、今日、助けてくれたから」

「ひまり。……本当に、ごめん」

きちんと言葉をつくして、話さないといけないんだよね。

「わたし、あの日、ショックなことがあって、いっぱいいっぱいだったんだ。それであんな態度《たいど》とっちゃって、ひまりのことをきずつけた」

まっすぐにひまりの目を見る。

だれもいない教室は、エアコンが切られていて、むし暑い。

背中《せなか》にじわりと汗《あせ》がうかぶ。わたしは話し続《つづ》けた。

「教室にのこってた男子に……。胸《むね》のこと、いろいろいわれてるの、きいちゃって」

ひまりがはっと息をのむ。

「エロい、だって。やだなあ、もう、なんでそんなこというかな」

わたしは笑《わら》った。笑《わら》ってけむにまきたかった。

でも、ひまりは。

「無理《むり》して笑《わら》っちゃだめだよ。あのときのすみれ、すごくしんどそうだった。だから、そんなふうに笑《わら》わないで」

きっぱりと、わたしの目を見ながら、いいきったんだ。

「うん……」

わたしはうつむいた。

「でも、どんな顔したらいいかわかんない。すごくショックで、自分のことが気持ち悪くて、ひまりにもあんな態度《たいど》とっちゃって……」

涙《なみだ》がこみあげそうになる。

「すみれ、顔あげて」

ひまりの声はやさしい。みちびかれるように、ふたたび顔をあげたわたしに、

「怒《おこ》ればいいと思うよ」

やわらかく、つげた。

「怒《おこ》れば……」

「そうだよ。エロいのはすみれじゃない。かげでそんなこといってたやつらのほうだよ。金輪際《こんりんざい》そんなふうにいうなって、怒《おこ》ればいい」

「で、でも。あの子たちも、まさかわたしの耳に入るなんて思ってなかったと思うし……」

わたしに気づいた瞬間《しゅんかん》に顔色を変《か》えて立ちあがった、秋斗《あきと》くんの姿《すがた》が脳裏《のうり》によぎる。

「でも、実際《じっさい》に耳に入っちゃったわけじゃん。きいてしまったからには、怒《おこ》る権利《けんり》はある！」

「でもっ……」

いつだったか、クラスの男子の身長や二の腕《うで》について話していた、女子たちのことを思い出した。

「しょうがないのかも、って……。悲しいけど、見た目のこととか、体のこととか、いろいろ思っちゃうのって」

「思うのと、実際《じっさい》口にするのとはちがうでしょ」

ひまりはしずかにつげた。

「人の体のこと、かげで話のネタにしてもりあがるのはちがうよ。あたしは、そう思う」

すがすがしいまでに、きっぱりと。

ひまりは、いいきった。

「ひまり……」

「とにかくっ。すみれは、なーんにも悪くないんだからね。それに、すみれは自分の体のことがきらいでも、あたしは好《す》きだよ」

「え」

「ご、ごめん。へんな言い方になっちゃった」

ひまりは少しほおを染《そ》めて、あわてた。

「えっと……。あたしからすると、実は、ちょっとうらやましいってこと！　小さくて、かわいくて、女の子って感じで……。すみれはそれがいやなの、わかってるけど……。その、……ごめん」

ひまりの声は、最後には消え入りそうになってしまった。

気まずそうにわたしから目をそらすひまり。

うらやましい？　ひまりが、わたしのことを？

びっくりしすぎて言葉がなにもでてこない。

「お。怒《おこ》った？」

きかれて、ぶんぶんと首を横にふる。

「怒《おこ》ってなんかない。ただ、すっごく意外で。まさかひまりが、わたしのこと、そんなふうに思ってたなんて。だって」

だって、……わたしのほうこそ。

「わたし、ずっとひまりにあこがれてたんだよ。こんなふうになりたい、こんな見た目に生まれたかった、って……。だから、ひまりが自分の体のこと、いやだって話してくれたとき、すごくびっくりした」

「すみれ」

今度はひまりがおどろく番だった。

そして、ふうっと、ゆっくりと息をはいた。

「すみれ。あたしね、今日、生理がきて、すごくびびって、泣《な》いたりもしちゃったけど。でも、ちょっとだけ、ほっとしたんだ……」

「え？　なんで？」

いやだったんじゃないの？　思えば、球技《きゅうぎ》大会の後半から調子が悪そうだったのも生理のせいだったんだろうし、がまんできないほどじゃないけどおなかがにぶく痛《いた》むっていってたし、これから毎月、こんなうっとうしい思いをすることになるんだよ？

「じつは。生理が始まったら身長がのびなくなるって、あたし、ちょっと信《しん》じてて」

「え」

そ、そうなの？

「お母さんがそんなふうにいってたんだよね。まだ初潮《しょちょう》がこないから、身長もっとのびるかもね、って。だから、早くきてほしくて。とにかく背《せ》がのびるのがいやだったから」

「ひまり……」

「あ。だけど、調べたら、生理が始まったらぜんぜんのびなくなるってことはないみたい。でもね、心のどこかで期待してたさ」

ひまりは小さく笑《わら》った。

「それで、ほっとしたんだ……」

「ん。バカみたいだけどさ」

「なんで？　ぜんぜんバカみたいなんかじゃないよ」

わたしはひまりの目をまっすぐに見つめた。ひまりが、わたしに「無理《むり》して笑《わら》っちゃだめだよ」っていってくれたときみたいに。

「はずかしいとか、いやだとか思ってるより、断然《だんぜん》いいと思う。養護《ようご》の先生の前でもはきはきいきってて、すごいって思った！」

声に力がこもってしまう。

わたしの勢《いきお》いに気《け》おされたのか、ひまりはちょっぴりのけぞると、

「そうかな。あたしってすごいの？」

わざとおどけて笑《わら》う。

「すごいよ！」

「ありがと。もっといって」

そんなやりとりをしていると、ろう下から足音が近づいてきた。となりのクラスの先生だ。

「下校時間すぎてるぞー。のこってる生徒《せいと》は帰りなさい！」

ろう下側《がわ》の窓《まど》から身をのりだして、先生が声をあげる。

「はあい！」

ふたりそろって返事をすると、荷物をもって、くすくす笑《わら》いながら教室をでた。

わたし、今、ひさしぶりに、心の底《そこ》から笑《わら》ってる気がするよ。

ひまりと、前よりも、もっともっと近づけた気がするよ……。

19 全部、消えてなくなる

次の日の、朝。

教室に入るとき、わたしは少しきんちょうしていた。

安達《あだち》くんや森《もり》くんや、ほかの男子が、ひまりのことをからかったり、かげでこそこそ笑《わら》ったりしないかって、心配だったから。

もしも、ひまりがひどいことをいわれるようなことがあれば、今度こそ、わたしが守る。怒《おこ》るのが苦手なわたしだけど、ひまりのためならきっと……！

「よし」

小さく気合を入れて、教室のドアをあける。

安達《あだち》くんたちはもうきていて、窓際《まどぎわ》の席《せき》でふざけあっている。ひまりは……まだきていない。

自分の席《せき》で荷物を片《かた》づけていると、

「おはよー」

からりとした、ひまりの声がひびいた。いつもより五割《ごわり》ましぐらいで明るい。

教室に入ってきたひまりを、安達《あだち》くんたちがちらっと見やる。

ひまりはわたしの席《せき》のある列を歩いて自分の席《せき》へ向かう。通りすぎざまに、

「おはよ、すみれ」

にこっとほほえんだ。

「お、おはよう！」

必要以上《ひつよういじょう》に大きい声がでてしまった。安達《あだち》くんたちのことが気になって、肩《かた》に力が入っていたから……。

「元気だね」

ひまりは苦笑《にがわら》いしている。

ひまりが自分の席《せき》にいってしまったあと、真奈《まな》がわたしのところにやってきた。

「昨日《きのう》びっくりしたんだけど、すみれって、西原《にしはら》さんとなかよかったんだね⁉」

「う、うん。まあね」

「意外ー」

「だよね」

自分でもそう思う。ただたんに同じクラスってだけじゃ、ここまでなかよくなれなかった。

「それより真奈《まな》、昨日《きのう》、わたしたちが保健室《ほけんしつ》にいったあと、どうだった？　だれか、なんかいっ

てなかった？」

声をひそめてたずねると、真奈《まな》は、

「だいじょうぶだよ」

と、小声でこたえてくれた。

「あのあとすぐに先生がきてね。で、山崎《やまざき》くんが、西原《にしはら》さんとすみれは保健室《ほけんしつ》にいきました、っていってくれて。そのまま帰るそうですー、って」

「あ。そう、なんだ」

秋斗《あきと》くんが。……桜井《さくらい》さんとか、女子のだれかじゃなくって、秋斗《あきと》くんがいってくれたんだ。

「ほかの男子たちも、安達《あだち》たちも、なんにもいってなかったよ」

「そうなんだ……」

ちらりと、安達《あだち》くんと森《もり》くんの様子を見やる。ふたりとも、もう、ひまりのほうを見てはいなかった。

「だいじょうぶじゃない？　からかったりしないよ、きっと」

「うん。そうだといいけど」

チャイムが鳴る。真奈《まな》は自分の席《せき》にもどった。

ずっと気をはっていたけど、今日一日、安達《あだち》くんたちがひまりにからんでいくことはなかった。あのふたりも、ひまりの涙《なみだ》を見て、からかいのネタにしていいことじゃないんだって、さすがに思ったのかもな。

でも。生理って、「たんなる体の機能《きのう》」だもんね。いっさい話題にださないように、腫《は》れ物《もの》みたいにあつかってかくし続《つづ》けるのも、ちょっとヘンなのかも。

だからって、どうどうと人前で「おまえ生理だろ」とかいわれるのは、わたしだったらぜったいにイヤだし。むずかしいなあ。

放課後《ほうかご》、真奈《まな》が部活にいってしまったあと、自分の席《せき》でぼうっと考えていたら、肩《かた》をポンッとたたかれた。

「なにしてんの?」

「ひまり……」

「早く帰ろうよ。今日、ひさしぶりにおばあちゃんちいきたいんだけど、いいかな」

「あっ!」

しまった。ひまりに、ハルばあちゃんのこと、伝《つた》えてなかった!

「じつはね、ハルばあちゃん、入院してて」

「えっ!!」

ひまりは目を大きく見開いた。みるみるうちに、白い肌《はだ》がすけるように青ざめていく。

「いつから？　なんで？　病気？　ケガ？　っていうかだいじょうぶなの？」

やつぎ早に質問《しつもん》がとんでくる。ごめん、ごめんねひまり。いくらぎくしゃくしてたとはいえ、早く教えるべきだった。

「だいじょうぶだよ。もう、元気。今日、退院《たいいん》するから」

昨日《きのう》の夜、ママにきいたんだ。もう退院《たいいん》できるよって。

「退院《たいいん》……。そっか、よかったあ……」

ひまりのほおに、赤みがもどってきた。

「退院《たいいん》してからも、しばらくは無理《むり》できないから、これからも庭仕事を手伝《てつだ》ってもらえたらうれしいって、ハルばあちゃんいってたよ」

「そっか。でも、今日はいかないほうがいいよね。いくらなんでも退院初日《たいいんしょにち》はダメだよ。うん。ちょっとおちついてからにしよう」

「うん」

そういうわけで、ひみつのガーデニング部はお休みだけど、わたしたちはそのままいっしょに教室をでて、いっしょに帰った。

校舎《こうしゃ》をでて敷地《しきち》を歩いているとき、部活にいく桜井《さくらい》さんたちとすれちがったけど、

「ひまり、永野《ながの》さん、じゃあねー」

ふつうに笑顔《えがお》で手をふってくれた。

「………」

「どしたの、すみれ。ぼーっとして」

「え？　うん。なんでもない」

わたしみたいな地味ポジションの子が、ひまりと友だちだなんて、きっとよく思われないんじゃないかって思ってたけど……。

ひょっとして、みんな、あんまり気にしてない？

「あ。こんどは急ににやけてる。ヘンなすみれ」

「そうだね、わたし、ヘンなのかも」

前に、真奈《まな》が似《に》たようなことをいってたけど、自分で思うほど、みんなはわたしのことを気にしてない。の、かなあ。だったらいいいな。

交差点《こうさてん》でひまりと別《わか》れ、ひとりで歩く。

昨日《きのう》、気象庁《きしょうちょう》が梅雨明《つゆあ》け宣言《せんげん》をした。強い日差《ひざ》しで、アスファルトがゆらめいて見える。

マンションにつくと、

「秋斗《あきと》くん」

エントランスに、秋斗《あきと》くんがいた。

「今日、部活は？」

「……休み」

「中、入らないの？」

秋斗《あきと》くんと、ひさしぶりに話す。ハルばあちゃんが病院にはこばれた日――わたしに話があるとまっていた秋斗《あきと》くんをつっぱねた、あのとき以来《いらい》だ。

あんなに顔を合わせたくなかったのに、今、こんなに自然《しぜん》に話しかけられたことに、自分でちょっとおどろいてる。

「かぎ、家に忘《わす》れてきたみたいで。家族もるすっぽいし。電話したけど、まだ帰ってこられないって」

「えっ」

それじゃオートロックあけられないじゃん。っていうか、あけるのはわたしのかぎでできるけど、家に入れないよね……？

秋斗《あきと》くんはとほうにくれて、この世の終わりみたいな顔してる。

「あの」

すうっと、息をすいこんだ。

「だれか帰ってくるまで、うちでまつ……？」

思いきっていってみると、秋斗《あきと》くんは目をまんまるに見開いて、

「すみれがいいんだったら……」

申し訳《わけ》なさそうにうつむいた。

こうして、思いがけず、秋斗《あきと》くんがうちにくることになった。

でも、昔はよくうちにきて遊んでたし、わたしも秋斗《あきと》くんちで遊んでた。

最後《さいご》に秋斗《あきと》くんがうちにきたの、五年生のときだったかなあ……？

「ただいまあ」

ドアをあけると、「おかえりー」と、のびやかな声がとんできた。ママだ。今日はハルばあちゃんの退院《たいいん》のつきそいのために、お休みをとったんだ。

「あら？　秋斗《あきと》くん、ずいぶんひさしぶりじゃない」

ママ、めちゃくちゃうれしそう。

ども、と、秋斗《あきと》くんはきまり悪そうに頭をさげた。

「かぎを忘《わす》れて家に入れないんだって」

「すみません。親が帰ってくるまでいさせてください」

「どうぞどうぞ、ゆっくりすごしてー。リビングでゲームでもする？」

「いえ、あの」

まごつく秋斗《あきと》くんのシャツのすそを、小さくひっぱる。

「ちょっと話があるから、部屋にきて」

小声でつげると、秋斗《あきと》くんは小さくうなずいた。


いつもはちらかりまくってるわたしの部屋だけど、ちょうど昨日《きのう》、片《かた》づけたところだった。ひまりと仲直《なかなお》りして気分があがってたんだよね。べつに飲み物を飲むわけでも、いっしょに勉強するわけでもないけど、折《お》りたたみの小さいテーブルをだして広げた。向かいあって話すのに、間に（物理的《ぶつりてき》に）なにもないのはなぜだか気まずい。

どうきりだしていいかわかんなくて、沈黙《ちんもく》が続《つづ》く。

「あの。すみれ」

先に口を開いたのは、秋斗《あきと》くんだった。

「おれも、ずっと、話がしたいって思ってた」

「うん。あのときのこと……だよね」

わたしの話もそれ、と、続《つづ》ける。

「ほんと、ごめん。まじでごめん」

秋斗《あきと》くんは正座《せいざ》して、頭をさげた。

「いいから、顔あげてよ。だって、秋斗《あきと》くんはいってないんだよね？」

きっとそうだ。だって今、こんなにつらそうな顔をしている。

でも……。もしも秋斗《あきと》くんもあの子たちといっしょになってわたしの胸《むね》のことをいろいろいってたらどうしようって、不安《ふあん》な気持ちものこってて。

いのるような気持ちだった。いってませんように、って。

秋斗《あきと》くんは顔をあげた。

「いってない」

「やっぱり……。よかった」

ふわっと、体から力がぬける。知らず知らず肩《かた》に力が入っていたみたい。

「おれも、あのとき、あいつがあんなことといいだすなんて思わなくてさ、しかもすみれがきいてたなんて」

秋斗《あきと》くんはわしわしわしと自分の頭をかきまぜた。

「わたしね」

思いきっていってしまおう。

「スイミングスクールやめたの、男子たちに胸《むね》のこと、いろいろいわれてたせいなんだよね」

秋斗《あきと》くんは、一瞬《いっしゅん》、かちっとかたまった。

「だれだよそいつ」

「知らない子。でも、きいちゃって。この間と同じ」

それから人の目が気になるようになった、水着になるのがいやになった。そんなふうなことを、早口でいっきに話し続《つづ》ける。

「でも、いろいろあって、もう一度本気で泳いでみようって気になってたんだ。なのに」

ぼそっと投げすてるようにつぶやくと、秋斗《あきと》くんは、

「泳げよ」

身を乗りだした。

「おれもさ。じつは、コンプレックスっつーか、気にしてることあるけど……」

「えっ？　秋斗《あきと》くんもあるの？」

うそでしょ。全然《ぜんぜん》なやんでるように見えない。いつだってたくさんの友だちにかこまれてるし。

「そりゃ、……まあ。はじをしのんでいうけど、足とか腕《うで》とか、毛深いのが……めちゃくちゃいやで。でも、きれいに処理《しょり》してもいろいろいわれそうだし、そもそも肌《はだ》よわいからかぶれそうだし。けっこうなやんでる」

「そう、……だったんだ」

びっくりしすぎて、わたしの声、かすれてる。

「体育のときとか、行事のときとか、ハーフパンツになるのもいやなんだよ。女子とか、キモいとかいってね？」

わたしはぶんぶんと首を横にふった。

「いってない……と思う。っていうか、わたしはきいたことない」

友だち少ないけど。

「少なくとも、わたしは、今きいてびっくりしてる。秋斗《あきと》くんのこと、そんなふうに思ったことなかったから」

ぜんぜん気にしたことなかった。ほかの子が毛深いか、とか、ムダ毛処理《しょり》してるかどうか、とか。あんまり見てない。

「ならいいけど」

秋斗《あきと》くん、まっ赤だ。すごく勇気《ゆうき》をだして、うちあけてくれたんだ。

胸《むね》の中が、じんと熱《あつ》くなる。

「と、とにかくっ」

秋斗《あきと》くんは大きな声をあげた。

「水の中に入れば、集中して泳いでれば。手と足と体と、うごかしていれば。なんかこう、見た目のこととか、ほかの悩《なや》みとかも全部、頭の中から消えてなくなる」

わかるだろ？　と、秋斗《あきと》くんは、わたしの目を見た。

「…………」

全部、頭の中から消えてなくなる。

一瞬《いっしゅん》、プールのゆらめく水面が、目の前にうかんで、そして、また消えた。

20 プールの約束《やくそく》

それから三日後。

ひさしぶりに訪《おとず》れたハルばあちゃんの庭には、キンキンに強い日差《ひざ》しがふりそそいでいる。

「ゴーヤすごい。のび放題じゃん」

ネットにからみついてしげりまくっているゴーヤを見て、ひまりがあっけにとられたようにつぶやいた。

「わたしたちのよせ植えも、わっさわさに枝《えだ》がふえてるね」

ふたりしてわあわあいいながら庭を見てまわる。

あじさいの花はとっくに終わって、花壇《かだん》には雑草《ざっそう》が生えていた。

ハルばあちゃんの入院中は、ママが合かぎをあずかって、着がえや身のまわりのものなどを病院にもっていってあげてたけど、お花や野菜《やさい》のことには手をつけていなかった（それどころじゃなかっただろうし）。つまり、放置状態《ほうちじょうたい》。

わたしがかわりにやってあげたかったけど……、いくら血がつながってるとはいえ、ハルばあちゃんがいない家に長時間いすわるのはダメだって、ママたちにいわれた。自分でも、そりゃそうだよなって思う。

「おばあちゃんが入院してたのって、十日ぐらい？」

ひまりにきかれて、うなずいた。

「植物ってたくましいんだね。十日もお世話してなかったのに、枯《か》れてたりしおれたりしてる子たち、あんまりいないじゃん」

ひまりはお花や野菜《やさい》のことを「あの子」とか「この子」とか、人間みたいな呼《よ》び方をする。

「雨が多い時期だったからよかったのかも。真夏だったら、一日でも水やりしないと、きっと枯《か》れてたよね」

「たしかに。でも」

ひまりはミニトマトのプランターを見やった。

「あの子は、もうダメなのかな……」

わたしの身長をおいこす勢《いきお》いでのびていたミニトマトは、強い風にあおられたのか、ぽっきりくきが折《お》れてしまっていて。

折《お》れた先から、茶色に変色《へんしょく》して、しおれてしまっている……。

いっしょに植えてあったバジルは元気なのに。

「長い支柱《しちゆう》に誘引《ゆういん》し直さなきゃいけなかったのに、できなかったからね。あの短い支柱《しちゆう》では支《ささ》えられずに折《お》れてしまった」

背後《はいご》で、声がした。思わずふりかえる。

「ハルばあちゃん！　ねてなきゃダメじゃない！」

「ねてなくてもいいんだよ、もう退院《たいいん》したんだし」

ハルばあちゃんはあきれたような顔をしている。

「パートはもう少し休ませてもらうけど、家事とか、身のまわりのことは、やってるしね。花や野菜《やさい》の水やりだってしてるよ」

ひょうひょうといってのける。

「おばあちゃん、ミニトマト、病気なの？」

ひまりがたずねると、ハルばあちゃんはうなずいた。

「折《お》れたきずから菌《きん》が入ったんだろうね。残念《ざんねん》だけど」

しゅんと肩《かた》を落としたひまりをはげますように、ハルばあちゃんが明るい声をだした。

「それより、ほら。ひまわり、ずいぶん大きくなった」

「ほんとだ」

梅雨《つゆ》の雨をたくさんあびて、こんどは太陽をあびて、ひまわりはすくすくとのびている。

三人で花壇《かだん》のひまわりのそばによった。

「花、咲《さ》きそうじゃん！」

ひまりがうれしそうに声をあげた。

大きなひまわりのつぼみが、今にも開きそう。

「ひまりって、名前の通り、ひまわりみたいだよね」

ぼそっとつぶやくと、ひまりは、

「背《せ》が高いとこが？」

と返す。

「明るいところが、だよ。太陽！　って感じ、する」

「そうかな？」

「花が咲《さ》くのが楽しみだね」

ハルばあちゃんがにこにこと笑《わら》いながらいった。

「それにしても、ふたりが仲直《なかなお》りできてよかった」

「その節《せつ》はどうも」

なんだか気はずかしくて、

「そういえば、球技大会《きゅうぎ》、ひまり、すごかったんだよ」

あわてて話題を変《か》える。

「へえーっ」

「バレーボールしたんだけどね、ひまり、もうすっごい高くジャンプして、パーン！　って、すごいスパイクうちこむんだよ」

「大げさだってば、すみれ」

ひまりは苦笑《にがわら》いしている。

「運動神経《しんけい》いいんだね」

ハルばあちゃんが感心したようにいう。

「小学校のとき、バレーやってて練習しまくってたんだけど……。たしかにあたし、上達《じょうたつ》は早かったかも。高くとべたし……」

ひまりがこたえると、ハルばあちゃんは、

「ふうん。いいバネもってるんだね」

なにげなくつぶやいた。

「いいバネ」

ひまりは口の中でころがすように、ハルばあちゃんの言葉をくりかえした。そして、自分のひざと、ふとももののあたりを、じっと見た。

「バネってこのあたり？」

「さあ……」

「そっか。あたし、いいバネもってるのか。そっか……」

にんまりとほほえむ、ひまり。

「ひまり？」

「ん。なんか、自分のジャンプ力のこと、そんなふうにとらえたことなかったから……。あたしの体にも、いいとこあるんだなーって思って」

「そっか」

じっと、自分の手を、腕《うで》を、そして足を見つめる。

わたしには「いいバネ」はたぶんないけど、さがせばひょっとして、なにかあるのかな？　ちょっとだけでも好《す》きになれそうなところ……。

水の中でのわたしは、どうかな。

見た目のこととか、ほかの悩《なや》みも全部、頭の中から消えてなくなるっていう秋斗《あきと》くんの言葉が、あの日から、ずっとひっかかっている。

わかるだろ？　っていわれた。そうだ、わたし、本当は……。

「ね。あじさい見にいこうよ」

ひまりの言葉で、はっと、われにかえる。

「う、うん」

フェンスの近くに植わった、大きなあじさいの株《かぶ》のそばに歩いていく。

「なるべく早く、花がらを切らなきゃな……」

ハルばあちゃんがつぶやいた。

あんなにいきいきとみずみずしく咲《さ》いていたあじさいの花たちは、色あせて茶色く枯《か》れている。

「お花がいつかは枯《か》れるの、わかってるけどさびしいね」

つぶやいたひまりに、ハルばあちゃんはやわらかく笑《わら》った。

「また来年も咲《さ》くよ。あじさいは、ちゃんとその準備《じゅんび》をはじめてる」

そういって、あじさいのくきを、そっと手にとった。

「この花のすぐ下に葉っぱが生えてるだろ？　ここまでが一節目《いっせつめ》、この下の葉っぱが生えてるところまでが二節目《にせつめ》。ここより下から新芽《しんめ》が生えるんだ。ほら、見て」

ハルばあちゃんがつかんだくきを見ると、葉っぱのつけ根に、まるっこい新芽《しんめ》がついている。

「この新芽《しんめ》……新しい葉っぱになる芽《め》の先に、花芽《はなめ》がつくんだよ」

「へえ……。花芽《はなめ》っていつできるの？」

わたしがきくと、

「秋ごろかなあ。前の年にのびた枝《えだ》につくんだよ。あじさいは落葉樹《らくようじゅ》だから、葉っぱはもう落ちてしまうけどね」

ハルばあちゃんはこたえた。

「そうなんだ……」

毎年毎年、花が咲《さ》いて、新芽《しんめ》がのびて、枝《えだ》がのびて、葉を落として、花芽《はなめ》を育てて。あじさいはそんなサイクルをくりかえしてるんだ。

体の機能《きのう》、っていう、養護《ようご》の先生の言葉を思い出す。

わたしも、あじさいと似《に》たようなものなのかもな……。生き物だし。

ただ、わたしがあじさいとちがうのは、それをいやだって思う「気持ち」があること。

この気持ちが、ハルばあちゃんみたいに、時間がたつと「慣《な》れて」なくなっちゃうのか、それともずーっとわたしの中にのこり続《つづ》けるのか、それはわかんない。

でも。

「新芽《しんめ》」

わたしは、つぶやいた。

「どしたの？　すみれ」

「ん。ちょっと今、思いついちゃって。ミニトマトのこと」

「ん？」

ひまりと、ハルばあちゃんといっしょに、ミニトマトのプランターのそばへいく。しゃがみこんで、折《お》れたところより下のほう……、まだ変色《へんしょく》していないくきを注意深く見つめた。

「あっ。やっぱりあった」

「なにが？」

「わき芽《め》だよ」

みずみずしい緑色をしたわき芽《め》が、根元近くからのびている。

「ねえ、ハルばあちゃん。病気になったくきを切って、このわき芽《め》をのばして育てたら、実がならないかなあ？」

ハルばあちゃんは「なるほど」とうなずいた。

「やってみる価値《かち》はあるね」

「すみれ、ナイスアイデアじゃん！」

ひまりが大きな目をきらきらかがやかせている。

わたしは、にいっと笑《わら》った。

「うまく育つかはわかんないよ」

ハルばあちゃんはそういいながら、根元のわき芽《め》をのこして、メインの太いくきを切り落とした。

「でも」

ふふっと、笑《え》みをこぼす。

「どしたの？　いきなり笑《わら》いだして」

「植物はたくましいね。ほんとに、わたしにこの庭があってよかった」

「……ん？」

「わたしも昔、病気になったところを切っちゃったんだけど」

お見舞《みま》いにいったときの、あの話の続《つづ》き？

ひまりがわたしの目を見やった。「そうなの？　知ってた？」って、その瞳《ひとみ》がたずねている。

わたしは小さくうなずき返した。

「卵巣《らんそう》。右と左、どっちも。腫瘍《しゅよう》でね」

さらりと、ハルばあちゃんはいった。

わたしは息をのんだ。

卵巣《らんそう》。赤ちゃんのもとになる「卵子《らんし》」を育てるところ。右と左、ふたつある。授業《じゅぎょう》で習った。

「腫瘍《しゅよう》って……」

ひまりが青ざめている。

「だいじょうぶ、良性《りょうせい》だったから。でも、大きくってね。卵巣《らんそう》はのこせなかったよ」

「それって……何歳《なんさい》のとき？」

「二十代で右をとって、三十代後半で、左もとった」

ハルばあちゃんはしずかにつげた。

「パートナーもいなかったし、子どももつもりはなかったから、かまわないって思ってたはずなんだけどね」

ハルばあちゃんは、小さくつぶやくと、剪定《せんてい》バサミをエプロンのポケットにしまった。

はずなんだけどね。

その言葉の続《つづ》きは、きっとハルばあちゃんは口にしない。

のみこんだまま、口にしない。これまでも、この先も、きっと。

七月の太陽がてりつける。首すじを汗《あせ》が伝《つた》っていく。伝《つた》って、夏服の中、胸元《むなもと》まで落ちていく。

暑いと汗《あせ》をかくのはわたしにとって「当たり前」で、なんの疑問《ぎもん》ももったことがないのに、胸《むね》がふくらむことは、そんなふうに思えなかった。同じ「体」のことなのに。

「おとなのオンナの体」になるのが、いやだった。

ハルばあちゃんも、そんなふうに感じてた時期があるのかな。とってもかまわないって思ってた、って。

でも、失《うしな》ったあと、ハルばあちゃんは……。

息苦しいような沈黙《ちんもく》の中、突然《とつぜん》。

ぽん、と、頭の上に、なにかが乗った。

ハルばあちゃんの右手だ。

そして、左手はひまりの頭の上に。ひまりは背《せ》が高いから、ハルばあちゃんは腕《うで》をのばしている。

「ハルばあちゃん？」

「とくに意味はない。なんとなく、ね」

「なんとなく？」

「あんたたちがかわいいって思ったんだよ」

少しだけぶっきらぼうにつぶやくと、

「ふたりとも、そんなつらそうな顔、しなさんな」

と、苦笑《くしょう》する。

思わず、ひまりと顔を見合わせる。つらそうな顔、してた？

「体の一部をとってても、とらなくても、子どもを産《う》む選択肢《せんたくし》があっても、なくても、わたしはわたし、石坂晴恵《いしざかはるえ》。それは変《か》わらないんだから、だいじょうぶ。そう思えてるから、だいじょうぶなんだよ」

ハルばあちゃんの声には、しっかりした芯《しん》があった。

わたしとひまりを、こうごに見やって、にっとほほえむと。

「暑いから中に入ろう。お茶の準備《じゅんび》しとくから、おいでね」

早口でいって、ハルばあちゃんは家の中にもどった。

でもわたしは、すぐに家にもどる気になれなくて。ひまりも同じだったみたいで。

家の中にもどる前に、ふたりで、お花や野菜《やさい》に水をあげた。

わたしは、わたし。それは変《か》わらない……。

ハルばあちゃんの言葉が耳の奥《おく》でリフレインする。

ホースからほとばしる水しぶきは、光をあびてきらきら光っている。

見とれていたら、しぶきが腕《うで》にかかった。

冷《つめ》たくて……、気持ちよくて。

「あたしたちって、かわいいの？」

ふいにひまりがつぶやいた。

「かわいいんじゃないかな。ハルばあちゃんにとっては。見た目がどうこう、じゃなくて」

「うん」

ひまりが、自分の手のひらをじっと見つめている。そのほおが、ゆるんでいる。

わかるよ。なんか……くすぐったいよね。自分が、「特別《とくべつ》」になったみたいで。

わたしは、息をすっとすいこんで、またはいた。

「ひまり」

「ん？」

「お願《ねが》いがあるんだけど」

「なに？」

「夏休みになったら、いっしょにプールにいってくれる？」

「え」

ひまりの目が、まるく大きく見開かれていく。

「もちろん。もちろん、いくよ！」

ひまりは、わたしの手をとった。

はずみで、ホースをとり落としてしまう。

「わわっ、水、水」

「夏休みまでまてない。今週いこう。たぶん土曜までにはあたしの生理が終わってるだろうし。もう市民《しみん》プールあいてるよね？」

「屋内の競技《きょうぎ》用《よう》プールは一年中つかえるよ。屋外プールは夏限定《げんてい》だけど、もう開放《かいほう》されてるって」

この前、秋斗《あきと》くんにきいたんだ。部活でつかうこともあるみたい。

っていうか、ひまりってば、なんでそんなに前のめりなの⁉

水、止めたいんだけど！

「だって、うれしいもん。あのことがあったから、もう、すみれは自分からプールにいきたいなんていわないいんじゃないかって、思ってた」

ひまりはちょっとだけてれくさそうに、わたしから視線《しせん》をはずす。

「思いっきり泳いだらすっきりするかなーって思って」

「すみれ……」

「まあ、体育のときも泳ぐんだけどさ」

「でもうちのクラス、今週は水泳じゃなくてマットじゃん？」

「そうだね」

「じゃあ、やっぱり次の土曜できまり」

ひまりは、にーっとほほえんだ。

21 もっともっと、自由になる

七月なかばの市民《しみん》プールは、たくさんの人でにぎわっていた。

屋外プールには、親子づれとか、中高生っぽい子たちもいっぱい。みんなおしゃれな水着を着て、浮《う》き輪《わ》やビーチボールにつかまりながら、はしゃいでいる。

でも、わたしとひまりは、今。

屋内の、競技用《きょうぎよう》プールにいる。

ここは、「ガチで」水泳をしたい人向け。あるいは、健康《けんこう》づくりのための水中ウォーキングをしたい人向け（そのためのレーンも設《もう》けてある）。

学校のプールより広い、五十メートルプールだ。

水面から顔をだすと、外の音がふわんとひびいた。水の中と外とでは、音の伝《つた》わり方がちがうんだよね。小さいころはそれがふしぎで、楽しかったっけ。

「あたしはマイペースで泳いでるね〜」

となりのレーンで、ビート板《ばん》につかまったひまりがわたしに笑《わら》いかけた。

「うん」

ひまりは水をけって進みだす。ひまりだけじゃない、ここにいるだれもがみんな、「マイペース」に、体をうごかしている。

ゆったりと平泳ぎしている人もいれば、クロールでぐんぐん進んでいく人もいるし、だれかに教えてもらいながら泳ぎの練習をしている人もいる。

だれもわたしのことなんて気にしてない。

そう思うと、自然《しぜん》と、くすっと笑《え》みがもれた。

わたし、今、自由なんだ。

そしてこれから、もっともっと自由になれる。

わたし、ほんとは、知ってた。秋斗《あきと》くんのいう通りだ。水の中では、わたしは……。

おだやかに波打つ水面を見つめる。

まっすぐに両腕《りょううで》を頭の上にのばす。息をすいこみ、水に顔をつける。プールの壁《かべ》をけって、すーっと進む。

そして、両足をうごかす。バタ足は、ひざ下だけでやみくもにバシャバシャしたらダメ。ちゃんと太ももからうごかさないとうまく進めない。

両足に水がまとわりつく。スクリューみたいに、けるようにして進む。進んでいく。

腕《うで》をあげる。腕《うで》っていうか、肩《かた》をあげる。右、左、右、その次の左、で顔を半分水面からだす。と同時に、ぱ、と、口をあける。

息つぎはこれだけ。一気にすいこもうなんてしなくても、口をあけてはくと、自然《しぜん》と空気は入ってくるから。

右、左、右、ぱっ。右、左、右、ぱっ。わたしにベストなのは、このリズム。

体は覚《おぼ》えてる。

スクールで練習しまくって、覚《おぼ》えこませた。

泳ぐときは、泳ぐことしか考えられない。泳ぐための腕《うで》の動き、足の動き、それだけに神経《しんけい》を集中させる。

自分の輪郭《りんかく》がとけて、なくなっていくみたい。

半分だけ顔をあげた瞬間《しゅんかん》に、外の世界の音がふわんってひびいて、プールの天井《てんじょう》とか、照明《しょうめい》とかが視界《しかい》に入ってきて。でもそれは一瞬《いっしゅん》で、わたしはまた青い世界にもどる。

プールの壁《かべ》がせまってくる。

もっと泳ぎたい！

壁《かべ》に手がふれると、くるりと体をひねって、壁《かべ》をけってターンした。

ターン、できた！　すっごくひさしぶりなのに、わたし、ちゃんと覚《おぼ》えてる。体がちゃんと覚《おぼ》えてる。

大きく腕《うで》をまわして、水をかく。

右足が水をける。左足が、水をける。

どこまでも、泳いでいく。

魚のように。

――次に壁《かべ》に手がふれたとき。わたしは両足をついて、水面から顔をだした。

「はあっ、はあっ、はあっ」

ひさしぶりなのにハイペースでとばしすぎた！　しかも五十メートル往復《おうふく》で！

「く、くるし」

しんどい。でも……楽しい！

泳ぐことが好《す》きで、夢中《むちゅう》だったあのころ。まだわたしの体が細くて、胸《むね》もぺたんこだった、あのころ。

泳ぐのが好《す》きだって気持ちは、今もあのころと、ぜんぜん変《か》わってない。

見た目が変《か》わっても、わたしは、わたし……。

肩《かた》で息をするわたしに、

「すみれ！」

はずんだ声がとんできた。

となりのレーンで、ひまりが目を大きく見開いている。

「すごいすごいすごい！　速い！　めっちゃきれい！　人魚みたいだった！」

きら、きら、きら。

ひまりの目がかがやいている。星みたいに。光をあびた水しぶきみたいに。きら、きら、きら。

「人魚、か。へへっ」

めっちゃきれい、か。

わたしの体じゃなくって、泳ぎ――、体の使い方に向けられた言葉。人魚みたいにきれい、だって。最上級《さいじょうきゅう》のほめ言葉！

「なんかさ、すっごいうれしい。あたしが知らなかったすみれを知っちゃった、って感じで。新しいすみれに出会っちゃった、って感じして」

ひまりの声ははずんでいる。

「おおげさだよ」

苦笑《くしょう》しながらも、内心、すっごくうれしかった。

新しいすみれ、かあ。

自分の手のひらをじっと見つめる。

変《か》わっていく自分のこと、「新しいわたしになるんだ」って思ったら、悪くないのかもって思えた。

「ひまり、次は屋外プールいって遊ばない？」

たくさんの人が遊んでいる、その中で。

「おっけー！」

ひまわりみたいな明るい笑顔《えがお》がはじける。

プールからあがると、重力が一気にのしかかる感じがして、感覚《かんかく》がちょっとへんになる。でもそれはわずかな間で、すぐになれる。

めっちゃ、生きてる、って感じ、する。

泳いでいるときも、プールサイドをぺたぺた歩いている、この瞬間《しゅんかん》も。

ぴったりした水着におおわれた、まるっこい体。いまいましくてしょうがなかった、胸《むね》のふくらみ。子どものころと変《か》わっちゃっても、わたしは、わたし。
わたしは、どんなふうに「新しく」変《か》わっていきたい？
夏の、強い光が降《ふ》りそそぐ。
わたしと、ひまりに。
もう一度、水の中へ。
プールから見上げた空は、どこまでも青く、大きく、広がっていた。

あとがき

みなさんこんにちは。夜野《よるの》せせりです。

この本のタイトルは「おとなになりたくないわたし」ですが、ここでいう「おとなになりたくない」の意味は……。体の成長《せいちょう》がいやだ、ということです。

実はわたしも昔、主人公のすみれと同じように、体の変化《へんか》がいやでいやで仕方なかったのです。

でも、この「いやだ」という気持ちが、どこから来るのかわからない。

いつかは消えてなくなるものなのか、一生つきあうものなのかもわからない。

友だちやクラスメイトは、なんでもない顔をして、変化《へんか》を受け入れているように見える。

自分だけが、こんなことで悩《なや》んで、おかしいんじゃないか？　って、思っていました。

そんな時、わたしは本を探《さが》しました。図書館や、書店で。わたしと同じことで悩《なや》んでいる人が、もしかしたらいるんじゃないかって。

自分のことをわかってくれる「仲間《なかま》」や、「友だち」がほしかったのかもしれません。この本が、すみれたちや、かつてのわたしのような悩《なや》みを持つ人に届《とど》いてほしい。もちろん、そうじゃない人にも、届《とど》いてほしい。そんな思いで書きました。

この物語が、だれかの「友だち」になれますように。そう願《ねが》っています。

最後《さいご》になりましたが、素敵《すてき》なイラストを描《えが》いてくださった友風子《ゆうふうし》さま。編集部《へんしゅうぶ》のみなさまをはじめ、この本にたずさわってくださったすべての方。そして、この本を手に取ってくださったあなたに、心からの「ありがとう」を伝《つた》えます。

またどこかでお会いできますように。

作　夜《よる》野《の》せせり
12月6日長崎県生まれ、熊本県在住。第6回みらい文庫大賞優秀賞受賞。「渚くんをお兄ちゃんとは呼ばない」シリーズ、「絶対好きにならない同盟」シリーズ（以上集英社みらい文庫）、『星がふる夜、きみの声をきかせて』（KADOKAWA）、『ダメ恋?』（ポプラキミノベル/共著）など作品多数。

絵　友《ゆう》風《ふう》子《し》
8月5日東京都生まれ、大阪府在住。フリーのイラストレーターとして児童書、一般文庫の装画などで活躍中。主な児童書作品に『さくらいろの季節』（蒼沼洋人著）、『風夢緋伝』（名木田恵子著/以上ポプラ社）、『12音のブックトーク』（こまつあやこ作/あかね書房）など。
HP:https://yufushi.pupu.jp/

ノベルズ・エクスプレス　59
おとなになりたくないわたし

2025年1月　第1刷

作　夜野せせり
絵　友風子
発行者　加藤裕樹
編　集　荒川寛子
発行所　株式会社ポプラ社
〒141-8210 東京都品川区西五反田3-5-8 JR目黒MARCビル12階
ホームページ www.poplar.co.jp
装丁　アルビレオ
印刷・製本　中央精版印刷株式会社

ISBN978-4-591-18435-6
N.D.C.913　255p　19cm
Printed in Japan　P4056059